学戦都市アスタリスク外伝 クインヴェールの翼

1

三屋咲ゆう illustration:okiura

JN267686

若宮美奈兎
「――あたし、月に行きたいの」

クロエ・フロックハート
「え……？」

蓮城寺柚陽
ニーナ・アッヘンヴァル

学戦都市アスタリスク外伝
クインヴェールの翼1

三屋咲ゆう

MF文庫J

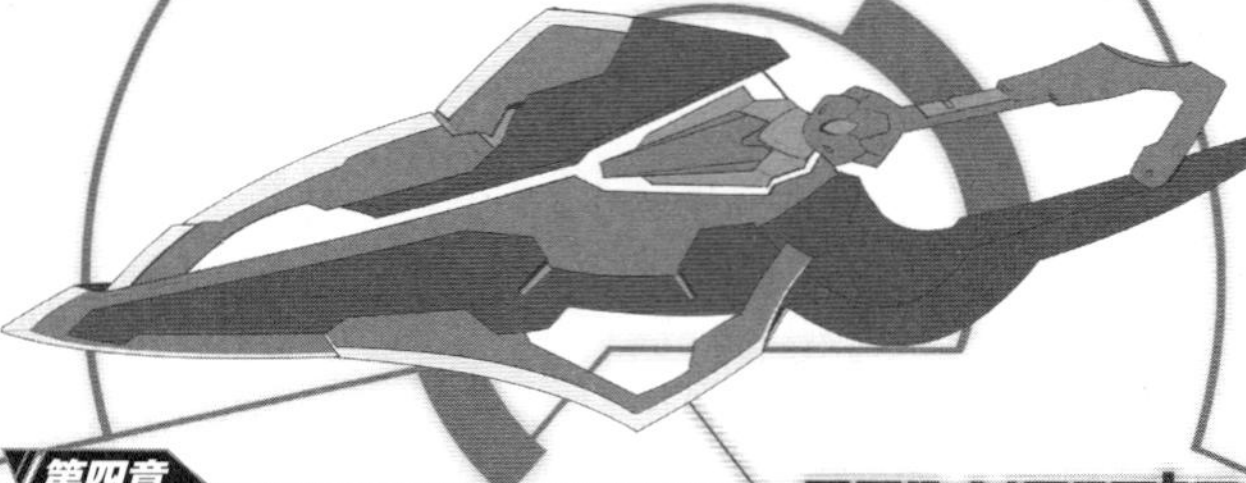

ser=versta

contents

口絵・本文イラスト●okiura

プロローグ

仄《ほの》かな灯《あか》りに照らされた宵闇《よいやみ》の道場で、まだ幼い赤毛の少女が飛び跳ねるようにして蹴りを放つ。その標的は薄暗い道場の中央でどんとあぐらをかいて座っている、浅黒く日焼けした一人の女性だ。女性の傍《かたわ》らには年代物の徳利《とっくり》が置かれ、その右手には縁の欠けた猪口《ちょこ》が握られている。

子どもらしからぬ力強い蹴りだったが、女性はわずかに首を動かしただけでそれをかわしてみせた。赤毛の少女も着地と同時に再度宙返りをしながら女性に踵落《かかとお》としを見舞うものの、今度もあっさり左手一本で撥《は》ね退《の》けられてしまう。空中でバランスを崩した赤毛の少女はそれでも片手で着地して即座に体勢を整え、もう一度挑みかかろうと今にも抜けそうな床板を蹴ったその直後――

「っ!?」

赤毛の少女の眼前に女性の左手が立ち塞《ふさ》がっていた。

「んきゃっ……！」

額に衝撃が走り、吹き飛ばされるようにごろごろと転がりながら道場の壁にぶつかる。

「甘い甘い、そんなんじゃ百年たってもあたしにゃ当てられないぜ」

女性はあぐらをかいたまま、そう言って手にした猪口《ちょこ》を口に運んだ。

「うぐ……相変わらず師匠のでこぴん、めっちゃ痛い……！」

涙目で額を押さえ、赤毛の少女が身体《からだ》を起こす。

が、立ち上がった赤毛の少女は、格子《こうし》窓から差し込む冴《さ》え冴《ざ》えとした月光に、思わず視線を夜空へと向けた。

そこには雲一つない夜空にぽっかりと浮かんだ満月が、黄金色に輝いている。

赤毛の少女はただその月を見上げたまま、しばらくの間立ち尽くす。

「どうした、美奈兎《みなと》？　もう終わりかい？」

「っ！　まだまだ！」

しかしからかうような女性の声に赤毛の少女ははっと我に返り、強く拳を握り締めて駆け出した。

＊

「ほらほら、お兄さまー！　ダイアナ！　こっちは夜風が心地よいですわ！　早くおいでなさいまし！」

夜会用のドレスを翻し、金髪の少女が満面の笑みでステップを踏む。

まるで月光の中を泳ぐように。

「やれやれ……勝手に抜け出すとまたお父様に怒られるよ、ソフィア」

「ふふっ、本当にこりないんだから」

金髪の少女の後を追うようにバルコニーへ出てきた少年と少女が、困ったような、それでいて優しい笑みを浮かべる。

「あんなおべっかばっかのきゅーくつなパーティなんて、ただ息苦しいだけですわ」

つんと高い鼻を逸《そ》らして、金髪の少女が口を尖《とが》らせた。

「それよりも、ほら……！」

そして遥《はる》か天空から少女たちを見下ろす金色の月へ両手を伸ばす。

「まるで今にも手が届きそうなお月さま！」

そんな金髪の少女を見守る二人も、同じように天を見上げた。

どちらともなく——そっと、手を握りながら。

＊

宵闇《よいやみ》に包まれた板張りの道場に、道着姿の少女が二人、正座で向かい合っていた。

「さすがは柚陽《ゆずひ》ちゃん、目を見張る上達振りだったよ」

「ありがとうございます、遥《はるか》さん。それも先生や宗家、遥さんのご指導のおかげです」

眼鏡をかけた少女が褒《ほ》めると、それよりは少し年下の黒髪の少女が深々と頭を下げる。

まだ幼いながらも、黒髪の少女のそうした所作には一部の隙《すき》もない。

「これなら早々に中伝まで進めると思う。あとは強いて言うなら、心構えが少し問題かな」

「心構え、ですか？」

「そう。あなたはちょっと地に足が付きすぎてるから……あ、もちろんそれは長所でもあるんだけどね。ただ、もう少し――」

眼鏡の少女はそこまで言うと、ふいに視線を開け放たれた戸板の向こうへ向けた。

その視線の先を追えば、たなびく雲を従えるように煌々《こうこう》と輝く満月が浮かんでいる。

「たとえば、ここからあの月まで矢は届くと思う？」

「それは……不可能です」

眼鏡の少女の問いかけに、黒髪の少女はゆっくりと首を横に振った。

「ふふっ、まあそうだよね。でも、それをできると思うことが、大切になってくる時もあるんだよ」

「……」

黒髪の少女はよくわからないといった顔で、もう一度月へと目を向ける。

三十八万キロ先に浮かぶその衛星は、ただ静かに地上を見下ろしていた。

＊

「……よーし、じゃあボクは三枚チェンジだ」

粗末なベッドの上、藤色の髪の少女がボロボロになった熊のぬいぐるみを動かしながら、声色を変えてそう言った。

そしてぬいぐるみの前に並べた五枚のトランプカードから三枚を入れ替える。

「なら、私は二枚変えようかしら」

次に藤色の髪の少女はドレスを着た人形の後ろに移動し、同じようにカードを交換した。

「じゃ、じゃあ……わたしは一枚だけ」

最後に、藤色の髪の少女本人が自分の前に並べたカードを一枚だけ取り替える。

「いざ、勝負！　……って、まぁたニーナの勝ちかー」

「ずるいわ、ニーナ！」

「あはは……ごめんね、みんな」

熊のぬいぐるみとドレスの人形が抗議の声を上げ、藤色の髪の少女が照れたように苦笑した。

——が。

「ふぅ……」

やがて藤色の髪の少女は溜《た》め息《いき》を吐いて、ひびの入った窓ガラス越しに丸々と肥え太った月を見上げる。

新雪のように白く、大きく、凍えるような月――その無慈悲な月光に、藤色の髪の少女はぬいぐるみと人形をぎゅっと抱き寄せた。

＊

鼻をつく血の匂いに、常盤《ときわ》色の髪の少女はわずかに眉を寄せた。瓦礫《がれき》だらけの廃墟《はいきょ》は、崩れ落ちた天井から差し込む冥《くら》い月光が、舞い散る埃《ほこり》を煌《きらめ》かせている。

「ははっ、楽勝だったな」

その小さな身体《からだ》にそぐわぬ、歪《いびつ》な形の大剣をかついだ少女が乾いた笑いを浮かべた。

他にも複数の人影が――それらもまたすべて子どもだった――武器を構えたまま、月明かりを浴びている。

――と。

「うんうん、やるじゃないか。孤立した残党とはいえ、この規模の部隊の制圧に十分もからないとはね。初陣としては上出来だ」

いつの間にか廃墟の入り口に現れた男が場違いなほど明るい声でそう言った。

「リベリオ様！」

誰ともなく、子どもたちが男の名を嬉《うれ》しそうに呼んだ。

「ロヴェリカ、ネヴィルワーズ、メデュローネ、砕《スイ》、テオルディオ、見事だったよ。これはご褒美を考えなければならないかな」

「それもいいけど、先になにか食い物をくれよ。腹が減って倒れそうだ」

歪な形の大剣をかついだ少女が、不敵な笑みを男に向ける。

「ああ、《虚渇の邪剣《ベルシエ＝ヴエルン》》の代償だな。私も随分と泣かされたものだ。まあ、もうしばらく待ちなさい」

男はそう言いながらゆっくりと歩みを進め、一人離れた場所に立っていた常盤色の髪の少女に優しく微笑《ほほえ》んだ。

「ミネルヴィーユ、君の作戦とその指揮も素晴らしかった。さすがに優秀だね」

「……ありがとうございます」

常盤色の髪の少女は無感情にそう返すと、逃げるように崩れ落ちた天井の向こうで赤く不気味に輝く満月へと視線を向ける。

そこにはまるで髑髏《どくろ》のような影が浮かんでいるようにも見えたが、常盤色の髪の少女はしばらくの間ただじっとそれを見つめていた。

第一章　四十九連敗の少女

若宮美奈兎《わかみやみなと》は追い詰められていた。すでに星辰力《プラーナ》は底をつきかけ、あとどれだけもつかはわからない。心臓は今にも破裂しそうで、肺も必死に酸素を求めて悲鳴を上げている。

それでも美奈兎は足を止めるわけにはいかなかった。

なぜならその瞬間、この試合が終わってしまうことは間違いないからだ。

――それも、美奈兎の敗北という形で。

『さー、若宮選手！　いよいよ追い詰められてきたのか表情が厳しそうだぞー！　今回もまた敗北を重ねてしまうのかー？』

『うーん……よくかわしているとは思うのですけれどねえ』

『まー、逃げ足だけは一級品と言って差し支えないけど、しかしそれだけではいかんともしがたいからねー！』

放送部員による実況と解説が、マイクを通して歓声に沸くステージに響く。

たとえそれが動かしがたい事実であれ、美奈兎としては一言物申したくなる内容だったが、生憎《あいにく》と今の美奈兎にそんな余裕はない。

「っ！」

実際少しそれに気を取られた瞬間、光弾が美奈兎の頬《ほお》をかすめた。慌てて走る速度を上げようとしたが足が絡まり、危うく転びかける。

「わわわっ！」

そこへ光弾が連続して襲い掛かり、美奈兎はあたふたと四《よ》つん這《ば》いのままなんとかそれを回避した。

その無様な姿に観客席から笑い声と揶揄《やゆ》するような声が降ってくるが、今更気にするような美奈兎ではない。すぐに立ち上がると次の攻撃に備えて体勢を整え——呆気《あっけ》に取られた。

クインヴェール女学園、総合アリーナ。そのステージの中央に立つ対戦相手の少女は、その手に持ったライフル型の煌式武装《ルークス》を下ろして、悠然と余裕の笑みを浮かべていたからだ。その姿はまるで美奈兎が立ち上がるのを待っていたかのようだった。

いや、実際そうなのだろう。つまり美奈兎はそれだけ舐《な》められているのだ。

「くぅ……！」

美奈兎は思わず悔しさに奥歯を噛み締めたが、実際にこれだけ一方的に追い詰められていた以上何も言えない。

とはいえ、このまま何もせず終わるのも御免《ごめん》だった。

せめて一矢報いるべく、美奈兎は呼吸を整え星辰力を高める。

「いっくぞぉー！」

そして気合と共に、少女目掛けて突進した。

少女はそれを予想したかのように距離を取りつつ連続して光弾を放ってくる。

美奈兎《みなと》はジグザグに飛び跳ねながらできるだけそれをかわし、よけきれないものは星辰力《プラーナ》を防御力に回して当たるに任せる。捨て身の突進だった。

そして一気に少女との間合いを詰めると、なけなしの星辰力を全てナックル型の煌式武装《ルークス》に注ぎ込む。

ナックルが眩《まばゆ》い光を放ち、それが膨れ上がった。流星闘技《メテオアーツ》——正式には過励万応現象《かれいばんのうげんしよう》と呼ばれる現象だ。

今まで余裕の笑みを浮かべていた少女に顔に、焦りの色が浮かぶ。

「はあああああああああ！」

そしてその拳が少女の胸の校章目掛けて炸裂《さくれつ》するかと思われた、その時。

ぷすん、という気の抜けた音と共にナックルが放つ光が掻き消える。

「あれ……？」

同時に美奈兎の足から力が抜け、その拳はへなへなと力なく空をきった。

『あらあら、残念。星辰力が底をついてしまったようですねえ』

のんびりとした解説の声を遠くに聞きながら、美奈兎は身体《からだ》を支えきれず顔からどてんと倒れこんでしまう。

「あたたた……」

赤くなった鼻を押さえる美奈兎の目の前に、ちゃきんと少女の銃口が突きつけられた。

「えーと……」

美奈兎が引き攣《つ》った笑みを浮かべると、少女もにっこりと微笑《ほほえ》み返してくる。

そして。

「んきゃああああああああああっ！」

一拍遅れて、ステージに美奈兎の悲鳴が響き渡った。


「──若宮《わかみや》美奈兎、校章破損《バッジブロークン》」

機械音声が試合の終了を告げ、それに被るように実況が声を張り上げる。

『ここで試合終了ー！　一年Ａ組の若宮美奈兎選手、健闘空《むな》しく今回の公式序列戦でも白星ならずー！　これでなんと、その連敗記録は四十九となってしまいましたー！』

『クインヴェール史上、空前絶後の大記録ですねえ』

美奈兎は薄れ行く意識の中でそれを聞きながら、力なく拳を握り締めた。

「はぁー……まぁーた負ーけたぁ……」

あちこちに絆創膏《ばんそうこう》を貼った美奈兎《みなと》は大きな溜《た》め息《いき》を吐《つ》くと、手に持った焼きそばパンにかじりついた。

＊

昼休みの学食、そのテラス席。初秋の空は薄い雲が長くたなびいているものの、それがまだ若干強い陽光を程よく和らげてくれている。そんな心地良い陽気のせいか、広いテラスは大勢の生徒で賑《にぎ》わっていた。

「あはは、でも昨日の試合は惜しかったじゃない。それに今更黒星が一つ増えたところで変わらないでしょ？」

テーブルの反対側に座った眼鏡の少女──チェルシーが、明るい声で笑う。

「あう……それは言わないでよ、チエちゃん」

美奈兎はそう言ってテーブルに突っ伏した。

「今何連敗中なんだっけ？」

美奈兎の親友にして寮のルームメイトでもあるチェルシーが、サラダとパスタが盛り付けられたランチプレートを避難させながらそう訊《たず》ねてくる。

「……次で五十」

くぐもった声で美奈兎が答えると、チェルシーは感心したようにうなずいた。

「おおー、いよいよ大台が目前だねえ」

「うー……よし！」

が、美奈兎はすぐに顔を上げると、自分の両頬《りょうほお》をパンと叩く。

「切り替えよう！　たとえ昨日負けようとも、明日勝てばそれでいいのだ！」

「よしよし、その無駄に前向きなところが美奈兎の良い所だもんね。ほら、ご褒美にエビとマッシュルームのクリームパスタを一口あげよう」

「わーい！」

一転して笑顔になった美奈兎はチェルシーが差し出したフォークにぱくりと食いついた。

北関東多重クレーター湖上に浮かぶここ水上学園都市六花《りっか》——通称アスタリスクには六つの学園が存在するが、その中でもこのクインヴェール女学園は食のレベルが頭一つ抜けて高い。なにしろ味にうるさい年頃の女子ばかり集まっているのだからそれも当然だろう。

たとえば美奈兎の焼きそばパンはクインヴェールの中でも最もリーズナブルな売店で買ったものだったが、それでもしっかりと作りたてだ。

「でもさ、実際美奈兎はすごいと思うよ」

パスタを頬張《ほおば》る美奈兎を見ながら、チェルシーは頬杖《ほおづえ》をつく。

「すごいって、なにが？」

「だってそれだけ負けててもまだがんばってるんだもん。私なんてとっくの昔にリタイアしちゃったのにさ」

「そりゃあ、絶対に叶《かな》えたい夢がありますから！」

えへんと胸を張る美奈兎《みなと》。

アスタリスクの六学園の生徒は、端的に言ってしまえば闘うために集められた存在だ。

年に一度開かれる《星武祭《フェスタ》》と呼ばれる武闘大会は、アスタリスクの学生のみが参加することができる世界最大のエンターテインメントであり、その優勝者はあらゆる望みが叶えてもらえるという。無論その闘いも実際に命を奪い合うようなものではなく、相手の校章を破壊することによって勝敗を決するというルールに従ったものだ。

とはいえ、その頂点に辿《たど》り着けるのはあくまで選ばれた数人のみ。当然のように皆が皆その場所に立てるわけではなく、チェルシーのように自分の力に限界を感じてそれを諦めてしまう者も少なくない。

「でも、チエちゃんだってその分すごいバイトがんばってるじゃん。……あ、そういえばまた新しいバイト始めたんだっけ？」

「そそ、ちょっと遠いんだけどね、良い感じのカフェなんだ。制服も可愛《かわい》いし、料理も美《お》味《い》しいし……そうだっ、今日もシフト入ってるんだけど、良かったら遊びにこない？」

もっともそういった学生たちも、大抵の場合は思い思いに学生生活を楽しんでいる。チ

エルシーのようにバイトに励む者もいれば、部活動や趣味に没頭する者もいる。それくらいの自由と青春は担保されていた。

またこのクインヴェール女学園は六学園中唯一の女子校であり、その入学条件の一つに外見的素養も含まれていることから、見目麗《みめうるわ》しい美少女ばかりが揃《そろ》っている。そのためモデルやアイドルなど芸能活動を行っている者も多い。なにしろ今現在クインヴェールの序列――いわゆる学内における強さのランキングだ――一位からして世界的なトップアイドルだ。

「うーん……お誘いはありがたいんだけど、あたし今日の放課後はもうトレーニングホールの予約入れちゃってるから」

「そっか。相変わらず熱心だねえ」

「弱い分だけ訓練に励まないとね！　目指せ、初勝利！」

美奈兎《みなと》はそう言ってぐっと拳を握り締めた。

自分でも低い目標だとは思うが、そもそも美奈兎はクインヴェールの中等部に入学してから四年間、まだ一度も《星武祭《フェスタ》》に参加したことがない。アスタリスクの学生であればエントリー自体は誰でもできるのだが、参加できるのは十三歳から二十二歳までの間に三回までと定められている。徒にそれを浪費したくはなかった。

――せめてここで勝てるようにならないと。

クインヴェール女学園はアスタリスクの六学園——即《すなわ》ち星導館《せいどうかん》学園、聖ガラードワース学園、レヴォルフ黒学院、界龍《ジェロン》第七学院、アルルカント・アカデミーの中でも最弱の学園として知られている。そこで一勝すらできないのに、《星武祭》で勝ち抜くことなど到底不可能だ。

と、そこで昼休みの終了を告げる予鈴が鳴り響いた。

「わわっと、もうこんな時間。次は近代史だったっけ？　ほら美奈兎、急いで急いで」

「う、うん！」

チェルシーに急《せ》かされ、慌てて残っていたパンを片付ける。

美奈兎は危うく喉に詰まらせそうになりながらも、チェルシーに続いて席を立った。

「……さて、《落星雨《インベルティア》》はこの世界に大きな破壊と混乱、無数の悲劇をもたらしましたが、同時に新たな可能性をもたらしました。その中でも一定の条件下であらゆる元素と結びつき変質させる万応素《マナ》と、その結晶体であるマナダイトは現代社会を維持する上で不可欠となっています。さらにそれらの研究のために生まれた落星工学《らくせいこうがく》は飛躍的に科学技術を進歩させ、復興の大きな力となりました」

巨大な空間ウィンドウを前に、初老の教師が滔々《とうとう》と語っている。

いくら闘うために集められたとはいえ、学生である以上勉学からは逃れることができない。各学園に所属する学生の成績は《星武祭《フェスタ》》の総合ポイントにも影響するからだ。

しかし美奈兎《みなと》は半分それを聞き流しながら、ぼんやりと窓の外を眺めていた。

秋の空。その向こうにある世界。

前世紀に起こった未曾有《みぞう》の大災害は、そこへ到達しようとする人々の努力を消し去っただけではなく、さらに巨大な壁を残していった。

「……そして皆さんのような《星脈世代《ジェネステラ》》の存在もその一つです。皆さんの持つ優れた身体能力や万応素《マナ》との高い親和性は明らかに《落星雨《インベルティア》》の影響と言えますが、このあたりについては生物の授業でより詳しく触れることでしょう」

いくら手を伸ばしても届くことのない、遥《はる》かな高み。

今は見えない、果てしない夢の世界。

《星武祭》で優勝すれば、果たしてそこに辿《たど》り着くことができるのだろうか。

「……また、《落星雨》の影響は世界の構造そのものにも及びました。既存国家の力は衰退し、その代わりに統合企業財体という新しい——若宮《わかみや》さん、聞いていますか?」

「えっ? あ、は、はい! すみません……!」

教師に咎《とが》められ、慌てて居住まいを正す美奈兎。

教室中から笑い声が起こる。

隣の席ではそんな美奈兎をチェルシーが呆《あき》れ顔で見ていた。

＊

「はぁっ！」

　美奈兎の身体《からだ》が宙を舞い、空中で蹴りを放つ。着地と同時に体軸を回転させ、再び回し蹴り。それを正面でピタリと止めると、美奈兎はゆっくりと閉足立ちへと戻り、礼をする。

「ふぅ……」

　大きく息を吐いたところで、胸の校章が点滅した。

「——間もなく、トレーニングホールの利用時間が終了します」

　時間を確認すると、確かにもう撤収の準備をしなければならない時間だ。

「うーん、やっぱ短いなあ……これじゃ型稽古だけで精一杯だよ」

　そうぼやきながらも、美奈兎は壁際に置いておいた荷物を片付ける。

　今回美奈兎が利用したのはトレーニングホールの中でも最小の部屋だ。ちょっとした教室くらいの大きさで、畳《たたみ》敷きになっている。学生なら誰でも利用することができるが、原則的には序列上位者が優遇されるので美奈兎のようなランク外の学生は使える時間や部屋が限られていた。

　序列上位者——つまり在名祭祀書《ネームド・カルツ》と呼ばれるリストに名を連ねる学生は全部で七十二名。

その中でも一位から十二位まではそのリストの一枚目に載ることから、俗に《冒頭の十二人《ページ・ワン》》と呼ばれている。そのクラスになるとそもそも利用申請などせずとも、個人用のトレーニングルームが与えられるほどだ。

「あとは誰か組稽古の相手がいればなあ……」

美奈兎《みなと》が訓練している玄空流《げんくうりゆう》は躰道《たいどう》をベースにあれこれと他武術の技術を取り入れた節操のない流派で、美奈兎は子どもの頃からずっとその修行を続けてきた。もっとも美奈兎の師匠はあまり弟子の育成に熱心ではなかったため、基礎を教えてもらって以降はほとんど自己流だ。

ただ、型稽古のような基礎部分だけは、教えてもらった通りにずっと続けている。

「おおー、すごい満月！」

トレーニングホールを出ると、すでにすっかり日が暮れていた。

煌々《こうこう》と光り輝く月が照らしているため、それほど暗く感じない。むしろぽつぽつと無粋な光を放つ街灯の列が邪魔なくらいだ。

「……せっかくだし、少し散歩して帰ろっかな」

美奈兎は分かれ道で、あえて寮まで遠回りになるルートを選んだ。学園の西に広がる小さな森をぐるりと回る遊歩道だ。

クインヴェールは六学園中最小の学園でもあるので、校舎やホールといった建造物の規模がそれほど大きくない。そのためこうした環境的な面での配慮は最も行き届いている。

敷地全体が建造物で埋め尽くされている界龍《ジエロン》などとは対照的だ。

美奈兎は鼻歌交じりで歩きつつ、ぽっかりと頭上に浮かぶ月を見上げた。

それを掴むように両手を伸ばす。

無論、届くはずもない。

けれど。

(それでも、あたしはいつかきっと……)

——と。

「わわっ⁉」

「——っ」

遊歩道が交わる辻《つじ》で、美奈兎はふいに現れた人影とぶつかってしまった。

倒れかけた相手を、美奈兎はとっさに腕を伸ばして抱きとめる。

「だ、大丈夫ですか⁉　ごめんなさい、あたしがよく前を……」

明らかに前方不注意だったのは自分のほうだ。

しかし謝ろうとした美奈兎の言葉が、途中で止まる。

ぶつかった相手に見惚《みと》れてしまったのだ。

彫刻のように整った目鼻立ちに、長く綺麗《きれい》な髪。なによりも深い海のような瞳が、息がかかるほどの距離でじっと美奈兎《みなと》の瞳を見つめている。

美奈兎はしばらくそのまま固まっていたが、はっと我に返ると慌てて身体《からだ》を離して頭を下げた。

「あ、あの、えっと、その、け、ケガとかしなかった？」

制服のラインの色から判断するに、自分と同じ高等部の一年生だろう。

「……問題ないわ」

するとその少女は静かな声で短く答える。

「本当にごめんなさい。ちょっと余所見《よそみ》をしてたから」

その答えにほっとしつつ、美奈兎は苦笑を浮かべた。

「余所見？」

「うん。ほら、今日はすごくお月様が綺麗《きれい》だったから」

「月……？」

美奈兎がそう言って上を指すと、訝《いぶか》しげに眉を寄せながら少女も空を見上げる。

が、少女はさほど興味なさそうな様子ですぐに視線を戻すと、ゆっくりとその長い髪を掻き揚げた。

「なるほど、普段から上ばかり見ているのね──若宮《わかみや》美奈兎」

「え……？」

少女はそれだけ言うと、美奈兎の脇を通って行ってしまった。

残された美奈兎はぽかんとしつつ、つぶやく。

「どこかで会ったことあったかな……？」

＊

翌日、食堂のテラス。

「ふーん……謎の美少女ねえ」

ランチプレートに乗ったハンバーグをフォークで突きながら、チェルシーが言う。

「本当に会ったことないの？　忘れてるとかじゃなくて？」

「うーん、そりゃあ今まで出会った人の顔全員を覚えてるわけじゃないけどさ……でも、あんなに綺麗な人、会ったことがあれば絶対忘れないと思うんだよね」

一方の美奈兎は今日も昨日と同じ焼きそばパンだ。

バイトに精を出しているチェルシーと違って、余暇のほとんどを訓練に費やしている美奈兎にはあまり金銭的余裕はない。序列上位に入れば学園から資金援助も受けられるのだが、今の美奈兎には夢のまた夢だ。

「でもさ、うちの学生だったら大抵は美人でしょ。美奈兎だって十分可愛《かわい》いと思うし」

「えへへへ……そっかなぁ」

チェルシーの言葉に、素直に照れる美奈兎《みなと》。

「それに、こう言ったらなんだけど美奈兎だってそこそこ有名人なんだし、向こうが美奈兎のことを知ってたって不思議じゃないんじゃない？」

《冒頭の十二人《ページ・ワン》》ほどでないとはいえ、連敗記録を絶賛更新中の美奈兎はかなり顔と名前が知られている。もちろん不名誉な意味で、だが。

「それはそうなんだけど……なんか気になるんだよね」

「ふーん……それはひょっとしてあれ？　一目惚《ひとめぼ》れってやつ？」

からかうようなチェルシーの言葉に、美奈兎の顔がぼっと染まる。

「ち、違うよ！　別にそーゆーんじゃなくって……って、あれ？」

「……うん？　なんだろね？」

テラスの奥がざわめいているのに気がついた二人は、顔を見合わせて首を傾《かし》げた。

目を凝らしてみれば、なにやら小さな人垣ができているようだ。

「もしかして……決闘？」

アスタリスクにおいては学生同士の私闘がある程度認められている。といっても《星武祭《フェスタ》》や公式序列戦同様に、校章の破壊をもって勝敗を決する形だ。

聖ガラードワース学園のように一切の決闘を禁じている学園もあるが、アスタリスクにおいて決闘自体はさほど珍しいものではない。

「――っ！」

が、美奈兎は人垣の向こうに垣間見たその顔に、思わず椅子を倒して立ち上がる。

「美奈兎？」

「……あの子だ」

「え？　ちょ、ちょっと美奈兎！」

美奈兎はそのまま人垣に駆け寄ると、押し分けるようにして前へ出る。

――すると。

「だから、その態度が気に入らないと言ってるですの！」

ぐるりと輪になった野次馬《やじうま》の中心では、華やかな金髪の少女が仁王立ちしていた。

その前のテーブルには、金髪の少女とは対照的に落ち着いた様子の少女――美奈兎が昨晩出会ったあの少女が座っている。

「あの金髪の子は確か……」

改めてまじまじと眺めて見ても昨晩出会った少女はやはりその顔に覚えがないが、もう一人の金髪の少女なら美奈兎もよく知っていた。

今年高等部へ入学したばかりだというのに、すでに在名祭祀書《ネームド・カルツ》に名を連ねる序列三十五位のヴァイオレット・ワインバーグ――《崩弾の魔女《オーヴァアリーゼル》》の二つ名を持つ強力な《魔女《ストレガ》》だ。

遠からず《冒頭の十二人《ページ・ワン》》の座さえ射止めるだろうと目されている注目株で、ヴァイオレットの後ろにはその取り巻きらしき学生が何人も控えている。

「……そう言われても困るわね。私はすでに謝罪したでしょう？」

一方の少女はテーブルに座ったまま、やや困ったように眉を寄せていた。

「その謝罪が気に入らないですの！　まるで心が篭《こ》もっていませんの！　誰のせいでわたしの制服が汚れたと思ってますの！」

怒りに顔を染めながら、ぶんぶんと腕を振るヴァイオレット。

見れば確かにスカートの裾に小さな染みができているようだ。

「そもそも私のテーブルにぶつかってきたのはそちらだったと思うのだけど？」

少女はそう言って疲れたように大きく息を吐くが、ヴァイオレットはまるで聞く耳を持たない。

「そんな言い訳は聞きたくありませんの！　とにかく、もっとちゃんと謝るか、さもなくば――決闘ですの！」

ヴァイオレットは少女に向かってびしっと指を突きつけた。

「……そんなに軽々しく決闘を口にするものじゃないわ」

少女はそう言って席を立つが、その行く手を遮るようにヴァイオレットの取り巻きが立ち塞《ふさ》がる。

「逃がしはしませんの。あなたも自分の主張があるなら、思う存分わたしにぶつければいいですの。それがここのルールですの」

「……」

が、少女はなにも答えない。

「……はぁ。わたし、あなたのような人が大嫌いですの。ここは闘うための都市、闘うための学園。だとしたら求められるのは強者だけ。闘いから逃げるような臆病者は必要ありませんの」

そのある種傲慢な言葉に人垣を成していたギャラリーも小さくざわめく。

それも当然だろう。この中には今まさに揶揄《やゆ》されたような者たちも多くいるはずだ。

「そうかもしれないわね」

すると少女は淡々とした口調で続けた。

「私ではどうしたってあなたに勝つことはできないし、だからこそあなたと闘うつもりはない。それを臆病と呼ぶのならその通りだわ」

「開き直るつもりですの？」

ヴァイオレットの目が釣りあがる。

「いいですの。でもそれを自覚しているなら、もっと隅っこでこそこそと暮らすがいいですの。目障りで仕方ありませんの」

「──それは言いすぎじゃないかな！」

その瞬間、美奈兎《みなと》は少女とヴァイオレットの間に割って入っていた。

「……いきなりなんですの？」

ヴァイオレットの眉が訝《いぶか》しそうに寄るが、それに構わず美奈兎は言葉を続ける。

「ここは確かに闘うための学園かもしれないけど、ただ強いからってだけでそうじゃない人を見下す権利なんてないはずだよ！」

「若宮《わかみや》美奈兎……」

美奈兎の隣で少女が驚いたように目を見開く。

その言葉を聞いたヴァイオレットは、嘲るような笑みを浮かべた。

「ああ……どこかで見た顔だと思ったら、四十九連敗中の……。なるほどですの」

くつくつと喉を鳴らすヴァイオレット。

「さすがに連敗記録を更新し続けている人は言うことが違いますの。でも、だからこそ身に染みているはずではありませんの？　《星武祭《フェスタ》》を勝ち抜き、夢を叶《かな》えるためには力がなければ──圧倒的な強者でなければならないということを」

「それは……」

確かにヴァイオレットの言葉にも一理ある。強くなければ──少なくともここでは夢を叶えることはできない。

けれど。

「……それは人の優劣を決めるようなことじゃない」

「ふぅん……面白いですの。だったら、そこの彼女の代わりに、あなたがわたしの決闘を受けるというのはどうですの？」

「え……？」

「もしあなたがわたしに勝つことができたら、さっきの言葉を撤回して差し上げますの」

美奈兎は思わず少女とヴァイオレットを見比べた。

ヴァイオレットが自信満々といった顔なのに対して、少女のほうは冷めた表情のまま無言で美奈兎を見つめている。少なくとも、なにか口を挟もうという気はないらしい。

「……わかった」

強さが全てじゃないということを納得させるために、闘って勝たなければならないというのは、矛盾以外のなにものでもない。

ただ、それがここのルールなのは美奈兎も認めざるをえない部分だ。

「もし、あたしが負けたら……？」

「んー、特になにかあるわけではないけれど……ああ、そうだ。じゃあその時はわたしの靴にでもキスでもしてもらいますの」

ヴァイオレットは今思い付いたという風に言った。

屈辱的な条件だが、こうなった以上仕方がない。

「この場で済ませてしまってもいいのですけれど、残念ながらもうそろそろ昼休みも終わりですの。せっかくですし、明日の放課後総合アリーナでというのはどうですの？」

「あたしはいいけど……せっかくって？」

「ふふん。だって、あなたにとっては記念すべき五十連敗目でしょう？　きっとギャラリーが居たほうが盛り上がりますの」

「うぐ……！」

「では、また明日」

ヴァイオレットは笑いながらそう言うと、取り巻きを引き連れて去って行った。

「美奈兎《みなと》！」

それと入れ替わるようにチェルシーが駆け寄ってくる。

「ねえちょっと、決闘って本気なの？　いくらなんでも相手が悪すぎるんじゃ……」

「うん、わかってる。でも、あそこまで言われたらあたしだって後には引けないよ。それにほら、勝負に絶対はないって言うし！」

心配そうな顔のチェルシーに、美奈兎は笑顔でそう言ってみせた。

無論、見栄《みえ》を張っているだけだ。冷静に考えれば、ヴァイオレット・ワインバーグは到底美奈兎が敵うような相手ではない。

「――若宮《わかみや》美奈兎」

と、ふいに背後から声をかけられたので振り返ってみると、全ての発端である少女が真っ直ぐに美奈兎を見つめていた。

「今晩、少し時間をもらえるかしら？」

＊

指定された場所は、昨日少女とぶつかった遊歩道の辻《つじ》だった。時間もほぼ同じくらいで、今夜もぽっかりと大きな月が浮かんでいる。

その下で、少女は美奈兎を待っていた。

「ごめん、遅れちゃったかな」

「……なぜ決闘を受けたの？」

いきなり本題に入る少女の性急さに、美奈兎は思わず苦笑する。

「その前に……名前、教えてもらってもいい？」

その言葉に少女は少し面食らったような表情を浮かべたが、すぐに小さくうなずいた。

「――クロエ・フロックハートよ。クロエでいいわ」

「クロエ……クロエ、か……」

美奈兎《みなと》は記憶を探ってみたが、やはりピンとくるものはない。

「うーん、やっぱり会ったことないよね？」

「ええ、直接会ったのは昨日が初めてね」

（直接……？）

その言い回しが気になったものの、クロエはそのまま話を続ける。

「それで、どうしてヴァイオレット・ワインバーグとの決闘を受けたの？　そもそもあなたには関係のないことでしょう？」

「だって、あんなこと言われたら黙っていられないよ。彼女の言い分にも納得できなかったし」

「……それだけ？」

「うん。そうだけど……ひょっとして迷惑だったかな？」

「……」

クロエは探るような視線を美奈兎に向けてくるが、やがて小さく息を吐いた。

「はぁ……いいえ、助かったわ。あれ以上絡まれたくなかったし」

「そっか。じゃあよかった」

にぱっと屈託のない笑みを浮かべる美奈兎。

「それで、どうするの？」

「どうするって？」

「今のままのあなたじゃ、ヴァイオレット・ワインバーグに勝てる可能性は皆無と言っていい。それはわかっているのでしょう？」

「う……それはまあ、そうなんだけど……」

クロエは携帯端末を取り出すと、空間ウィンドウを展開してみせた。

そこにヴァイオレットの戦闘シーンが映し出される。

「ヴァイオレット・ワインバーグ、序列三十五位。二つ名は《崩弾の魔女《オーヴァアリーゼル》》。公式序列戦と決闘を含めた戦績は現在十二戦十二勝。万応素《マナ》から銃弾や砲弾を作り出す能力を持ち、遠距離戦を得意とする」

クロエは淡々と語りながら、さらにどんどんと空間ウィンドウを開いていく。それらはどれもヴァイオレットの試合データだった。

「一方で接近戦は不得手であり、そのため弾幕を張って相手との距離を維持する戦略を取ることが多い。典型的な遠距離タイプの《魔女《ストレガ》》ね」

「……すごい」

《星武祭《フェスタ》》に出場する選手となれば対戦相手のデータを集めるのは普通のことだが、一般の生徒がここまでしっかりした情報を揃《そろ》えるのは難しい。

「ひょっとしてクロエは報道系の部活に入ってるの？」

それならばわからなくもなかったが、クロエはゆっくり首を横に振った。

「私は……試合を見るのが好きなだけよ。データ集めは趣味みたいなものね」

その割には、データを見るクロエがまるで楽しそうに見えないのは気のせいだろうか。

しかしクロエはそんな美奈兎《みなと》の疑問などおかまいなしに、携帯端末の操作を続ける。

「え？　これって……」

新しく開いた空間ウィンドウを見て、美奈兎は思わず目を見開いた。

「そう。あなたの試合データよ、若宮《わかみや》美奈兎。無論、四十九試合全て揃《そろ》っているわけじゃないけれど」

「ふえー、あたしみたいなのまでデータを揃えてるんだ……」

「ヴァイオレット・ワインバーグとは対照的に、あなたは典型的な接近戦タイプね。遠距離攻撃への対処が下手で、防御技術も未熟。なにより致命的なのは星辰力《プラーナ》が極端に少ないこと」

「うう、随分ズバズバ言っちゃうんだね……」

もっともそれらは実に的確な指摘だった。星辰力は《星脈世代《ジェネステラ》》ならば誰でも持っている生体エネルギーで、それを集中させることによって防御力を高めたりすることができるのだが、クロエの言う通り美奈兎はそれが圧倒的に少なかった。

「それにしても改めて見ると恥ずかしいなあ……」

なにしろ全てが全て負け試合なのだ。当人としては目を覆いたくなる。

「……」

ところがクロエは先ほどとは違って、まじまじとそれを見つめていた。

「──若宮美奈兎」

「美奈兎でいいよ。なに？」

「なぜあなたはこれだけ負け続けても闘うことを止めないの？」

「そりゃあ、夢を諦めたくないからだよ」

それはよく訊《き》かれる質問だったので、美奈兎はあっさりと答える。

「夢？」

「うん。みんなはなにか叶《かな》えたい夢があってここにきたわけでしょ。あたしもそう。それで、あたしは格別に諦めが悪いだけ」

「……どんな夢なのか、訊いてもいいかしら？」

その問いに、美奈兎は笑顔のまま言った。

「──あたし、月に行きたいの」

「え……？」

ぽかんとした顔のクロエに、こんな顔もするんだと思いつつ言葉を続ける。

「知ってる？　昔、人は本当にあそこまで行こうとしてたんだって」

「……でもその計画はあと一歩というところで、《落星雨《インベルテイア》》という未曾有《みぞう》の災害によって頓挫《とんざ》した」

「そう。今でも宇宙開発は続いているけど、そのほとんどは人工衛星関連で、有人宇宙飛行なんて夢のまた夢。なにしろ宇宙には万応素《マナ》がないからね」

今やほとんどのエネルギーは万応素とマナダイトだ。それに頼り切った人類は、それがない世界へ旅立つことに二の足を踏み続けている。

――もっとも、一番の理由は他にあるのだが。

「随分と壮大な夢ね。それは確かに《星武祭《フェスタ》》で優勝でもしない限り、叶《かな》えることは難しいでしょう」

「あはは。まあ、今のあたしじゃそれこそ夢物語なんだけど……」

「少なくともヴァイオレット・ワインバーグに負けているようでは、《星武祭》を勝ち抜くことはできないでしょうね」

「だよね……はぁ、もっともっと修行しないとなぁ」

がくりと肩を落とす美奈兎《みなと》。

「……」

クロエは空間ウィンドウを全て消すと、しばらく黙ったまま美奈兎を見つめてくる。

「な、なに？」

「もし——もしあなたが望むのであれば、力を貸してあげてもいいわ。助けてもらった恩もあるしね」

「……え？」

「ヴァイオレット・ワインバーグに勝たせてあげると言っているのよ」

最初は冗談かと思ったが、クロエは本気で言っているらしい。

「えええええええええええええ!?　で、でも、さっき、今のままのあたしじゃ勝てないって……」

するとクロエは月光を受けてその白い肌を輝かせながら、不敵な笑みを浮かべた。

「そう。今のかいかい今のままのあなたでは勝てない——私はそう言ったの」

＊

『さー、ヴァイオレット・ワインバーグが決闘するってゆーので駆けつけてみれば、なんとなんと相手はあの若宮《わかみや》美奈兎選手！　これはちょっと驚きだー！　てゆーか勝ち目があるのか甚《はなは》だ疑問だぞ、若宮選手ー！』

『うーん、今までの試合を見た感じでは難しいでしょうねえ。なにしろワインバーグ選手は若宮選手が苦手とする遠距離攻撃のエキスパートですからねえ』

『つまりいよいよここで若宮《わかみや》選手の五十連敗目が決まってしまうということなのかー！』

「まったく、いつもながら好き勝手言ってくれちゃって……」

美奈兎《みなと》はナックル型の煌式武装《ルークス》を装着しながら、放送部の実況と解説にそうぼやく。

アリーナには先日の公式序列戦以上に観客の学生が集まっていた。美奈兎の連敗を見に来た者も少なくないだろうが、なによりあのヴァイオレットの試合というほうが大きい。中には偵察目的の者もいるだろう。

本来これくらいの規模となると決闘でも即座に賭けが始まってオッズが出るのだが、聞くところによると今回はあまりにもあんまりな倍率になってしまって成立しなかったらしい。酷《ひど》い話だ。

「ふふん、逃げずにやってきたことは褒《ほ》めてさしあげますの」

すでにステージ上では準備を整えたヴァイオレットが腕組みをして立っている。

「……逃げ出すわけがないよ。あたしは勝つつもりだからね」

「それは中々に笑える冗談ですの」

ヴァイオレットは明らかに美奈兎を見下していた。もちろん今までの戦績と試合内容を考慮すれば無理ならぬところではあるのだが……。

「よし、お待たせ！」

準備を整えた美奈兎がそう言うと、ヴァイオレットが胸の校章に手を当てた。

「羨望《せんぼう》の旗幟《きし》たる偶像《ぐうぞう》の名の下に、わたしヴァイオレット・ワインバーグは汝《なんじ》若宮美奈兎に決闘を申請しますの」

するとヴァイオレットと美奈兎、双方の校章が光を放つ。

「――その決闘を受諾する！」

同じように校章に手を当てた美奈兎がそう宣言した瞬間、ステージ上の万応素《マナ》が大きく蠢《うごめ》いた。

「さあ、行きますの！」

万応素はヴァイオレットの周囲で渦を巻くと、虚空から無数の砲弾――臼砲《きゅうほう》の砲弾のような球形のものから椎《しい》の実型の長弾まで様々――が出現する。

《魔女《ストレガ》》や《魔術師《ダンテ》》と呼ばれる一部の《星脈世代《ジェネステラ》》は、万応素とリンクすることによって元素を変換し、事象を呼び起こすことが可能だ。ヴァイオレットはまさしくその《魔女》だった。

「うわわっ！　い、いきなり!?」

ヴァイオレットが腕を振ると、それこそ大砲から撃ち出されたかのような勢いで砲弾が放たれた。

猛然と襲い掛かる砲弾を走ってかわしながら、美奈兎はどうにかヴァイオレットに近づけないかと隙《すき》を窺《うかが》う。まずは接近戦に持ち込まなければ話にならない。

だが──

「ほらほら、どうしましたの！　わたしに勝つのでしょう？」

砲弾が着弾する度、美奈兎《みなと》の背後で爆発が巻き起こる。

それがどんどんと追いかけてくるのだから、とてもではないが相手の隙《すき》を探るような余裕はない。

『あーあー、まあ予想通りの展開と言えば予想通りの展開なんだけどー』

『うーん、これは一方的ですねえ』

一方でヴァイオレットは悠然とした笑みを浮かべながら、指揮者のように腕を振るう。

「まったくもう……逃げてばかりでは試合になりません、の！」

すると新たに顕現《けんげん》したその砲弾は、逃げる美奈兎の前へ回り込むように着弾した。

その爆発と同時に巨大な炎が広がり、美奈兎の行く手を阻む。

（焼夷弾《しょういだん》──！）

仕方なく美奈兎は急ブレーキをかけてそれを迂回《うかい》しようとするが、その隙をヴァイオレットが見逃すはずもない。

「もらいましたの！」

「しまっ──！」

ヴァイオレットの砲弾が美奈兎を直撃──爆発が巻き起こる。

『おおーっと、若宮《わかみや》選手にワインバーグ選手の攻撃が炸裂《さくれつ》ー！　これは早くも試合が決まってしまったかー!?』

「ふっふーん、楽勝ですの」

ヴァイオレットは優雅に髪を掻き揚げ、ギャラリーの歓声に応えるように手を振ってみせる。

――しかし。

『いや、待ってください……！』

「え？」

はっとしたような解説の声に、ヴァイオレットが首を傾《かし》げながら振り向くと。

「なっ――!?」

爆風が晴れたそこには、美奈兎が荒い息をつきながらもしっかりと立っていた。

「ふぅ……危ない危ない」

美奈兎はそう言って、額に浮かぶ汗を拭う。

実際、かなりギリギリだった。いきなり実戦でぶっつけ本番なのだから上手《うま》くできるか不安だったが、どうにかなったようだ。

（でもすごい……！　本当にクロエの言った通りだ……！）

＊

「――いい。あなたは確かに防御技術が拙く、しかも星辰力《プラーナ》が少ない。それは致命的な弱点よ」

クロエはそう言うと、指を一本立てて見せた。

「けれど、あなたには他の人にはない武器を一つ持っている」

「わたしの武器……？」

「ええ。それは速度――つまり俊敏さね」

「うー……まあ、逃げ足だけは速いってよく言われるけど……」

しょんぼりと落ち込む美奈兎《みなと》。

「もちろん単純な脚力もそうだけど、あなたは元々瞬発力が高いのよ。だけどそれをまるで生かしきれていない」

「瞬発力？」

「そうね……言葉よりも実感してもらったほうが早いかもしれないわ」

クロエはそう言うと、小さく笑う。

「明日の試合、どうしてもヴァイオレットの攻撃を避け切れないと判断したなら、その時は下手に防御しようとせずに迎撃しなさい」

「げ、迎撃!?」

「そう。つまり相手の攻撃に対して攻撃するの。あなたは反応が早いし、なによりも武器がナックルだから小回りも利く。それが結果として最大の防御になるわ」

＊

クロエのアドバイスを思い返しながら、美奈兎は身体《からだ》の状況を確認した。

（全然ダメージがないわけじゃないけれど、大したことない。これならいける……！）

呼吸を整え、構えを取ると、ヴァイオレットが信じられないといった顔で美奈兎を見ていた。

「……ふ、ふふん！　どうやって凌《しの》いだかはわかりませんけれど、だからと言ってあなたになにができますの！　結局わたしに近づけなければ勝つことはできませんの！」

ヴァイオレットの周囲に再び砲弾が顕現《けんげん》する。

しかし美奈兎はすっかり落ち着いていた。クロエの言葉を実感として信じることができたからだ。

「そうだね。じゃあ、今度はこっちからいかせてもらうよ！」

美奈兎は言うが早いか、ヴァイオレット目掛けて一気にダッシュした。

どちらにせよ、あの防御方法はナックル自体に負担がかかりすぎるので多用はできない。普通の煌式武装《ルークス》と打ち合うならともかく、ヴァイオレットの砲弾は威力が高すぎる。繰り返せば、遠からずナックルそのものが壊れてしまうだろう。だから美奈兎《みなと》にはできるだけ早く試合を決める必要があった。

「自爆覚悟の特攻ですの？　でも、そんなものわたしの下へ辿《たど》り着く前にギッタギタにして……って、あ、あれ⁉」

ヴァイオレットは無数の砲弾を放つが、美奈兎にはまるで当たらない。

「な、なんでですの、なんでですの⁉」

ヴァイオレットの顔に焦りの色が浮かぶ。

『――あなたが勝てるかどうかは、結局のところヴァイオレット・ワインバーグに接近戦をしかけられるかどうかにかかっているわ。そのためには彼女の砲弾を掻い潜らなければならないのだけれど……本来のあなたの跳躍力と敏捷性《びんしょうせい》をもってすれば容易《たやす》いことよ。今までのあなたは移動の一歩一歩が大きすぎたの。それは利点になる時もあるけれど、相手に行動を読まれやすくなる最大の要因になっている。おそらく型稽古のそれに嵌《はま》りすぎているのね。もっと長短を組み合わせて、基本は小刻みに小さく動きなさい。大きく跳ねるのは必要な時だけ。ただしその時は全力で。そうすれば……彼女の砲弾があなたを捉えることはないわ』

クロエの言葉を胸に刻み、美奈兎は砲弾をかわしながらヴァイオレットとの距離を詰める。

美奈兎の間合いまで、もう少し。

だが――

「くうー、ちょこまかとぉー！　いいですの！　それならまとめて一気に吹き飛ばしてやりますの！」

ヴァイオレットは顔を真っ赤にして両手を大きく上に掲げた。

すると無数の砲弾が融合し、上空に今までのそれとは比較にならないほど巨大な砲弾が現れる。

「くらいやがれですの！　――〝蒼烈の崩弾《ブルーダニユーブ》〟！」

隕石《いんせき》のように落下してくるそれを前に、美奈兎はその両足に思い切り力を込めた。

次の瞬間、ステージの半分以上を巻き込んだ大爆発が巻き起こる。

爆風と爆炎が嵐のように吹き荒れ、ステージを取り囲む防御障壁が悲鳴を上げる。

「あっははは！　どうですの！　いくらすばしっこくても、これならかわしようが――」

爆風に髪をなびかせながら高笑いを上げるヴァイオレットの言葉は、しかしその途中で凍りついた。

巨大な爆炎を回り込むように大きく跳んだ影が、その視界の端に映っていたからだ。

「なっ⁉　は、速すぎ……！」

玄空流《げんくうりゅう》――〝旋破《せんぱ》〟。

美奈兎《みなと》は次の一歩で一気にヴァイオレットの懐に飛び込むと、体を回転させながらその胸目掛けてナックルを叩き込む。星辰力《プラーナ》を注ぎ込んだ流星闘技《メテオアーツ》の一撃は、偶像《ぐうぞう》が刻まれた校章をいとも容易《たやす》く破壊した。

「――っ！」

衝撃がヴァイオレットの背後に抜け、その身体《からだ》ががくりと崩れ落ちる。

「きゅう……」

白目をむいたヴァイオレットは完全に意識を失っているようだ。

それから少し遅れて、機械音声が静まり返ったステージに試合の決着を告げた。

「決闘決着《エンドオブデュエル》！　勝者《ウイナー》、若宮《わかみや》美奈兎！」

呆気《あっけ》に取られたような会場は、それでもまだ物音一つしないような静寂に包まれていたが――

『……な、な、ななんとこれはビックリ！　若宮選手、五十連敗目を刻むどころか、まさかまさかの大金星だー！』

ようやく我に返ったかのような実況の声が響くと、堰《せき》を切ったように大歓声がステージを揺るがした。

『いやあ、これは驚きましたねえ』

もっともそれも無理はない。なにしろ美奈兎自身がまだ信じられないでいたのだから。

「か、勝ったの……？　あたしが、本当に……？」

足から力が抜け、へなへなと座り込む。

「すごーい！　やったね、美奈兎ー！」

観客席の最前列ではチェルシーが興奮した様子で手を振っている。

美奈兎はどんな顔でそれに応えればいいのかわからないまま手を振り返していたが、ふと会場の隅から去っていくクロエの姿を見つけると、慌てて立ち上がってその後を追った。

＊

「ま、待って！　待ってよ、クロエ！」

アリーナの裏口から出て行こうとしていたその後ろ姿を呼び止めると、クロエはゆっくりと振り返った。

「初勝利おめでとう、美奈兎」

「う、うん、ありがとう！　全部クロエのおかげだよ！」

息を切らしながらも頭を下げると、クロエは首を横に振った。

「私はただアドバイスをしただけ。ヴァイオレット・ワインバーグを倒したのは間違いなくあなたの実力よ」

「え、えへへ……そっかなぁ」

美奈兎《みなと》が照れ笑いを浮かべると、しかしクロエはどこか申し訳なさそうに目を伏せた。

「でも……おそらく遠からずあなたはまた勝てなくなるわ」

「え……？」

「もちろん、今までのような連敗はなくなるでしょうけど、今回はあなたの武器に気がついていない相手だから通じたのよ。あなたの武器は確かに強力だけれど、あなたが持つ致命的な弱点がなくなったわけじゃない。それを見逃してくれるほどここは甘い場所じゃないわ。次からの対戦相手はもっとしっかりそこを狙ってくるでしょうね」

「そ、そっかぁ……」

美奈兎はがくりと肩を落とす――が。

「よし！　じゃあ、もっともっとがんばらないとだね！」

すぐに顔を上げると、ぐっと拳を握り締めた。

クロエはそんな美奈兎を驚いたような顔で見つめている。

「だって、クロエのおかげで今まで自分がどれだけ物を考えないで闘ってたかわかったんだもん。それって、まだまだやれることがいっぱいあるってことでしょ」

「……本当に上ばかり見てるのね、あなたは」

苦笑を浮かべるクロエに、美奈兎は屈託のない笑みを返した。

「あはは……そりゃあ、あたしの夢はこの空のずっと上にあるからね！」

「夢、か……」

クロエはそうつぶやくと、俯《うつむ》いてなにやら考え込んでしまう。

「クロエ？」

「……もし」

「え？」

「もし、あなたが本当にその夢を掴みたいと——《星武祭《フェスタ》》を制したいというのなら、方法がないわけでもないわ」

「どういうこと……？」

クロエは俯いたままで、美奈兎にはその表情は窺《うかが》い知れない。

「さっきも言った通り、この学内での試合でこれからも勝つのは難しい。どうしたって公式序列戦は一人で闘うしかないのだから。……でも、《星武祭》なら話は別よ」

「あ……！」

《星武祭》は年に一度開催されるが、実のところ毎年同じ大会が行われているわけではない。三年を一区切りとして、一年目はタッグ戦の《鳳凰星武祭《フェニクス》》、二年目はチーム戦の《獅鷲星武祭《グリプス》》、三年目は個人戦の《王竜星武祭《リンドブルス》》とその年ごとにレギュレーションが変わるのだ。

「あなたは致命的な欠点と、強力な武器を持っている……もしその欠点を補うことができる仲間がいれば」

クロエの言葉に美奈兎《みなと》はごくりと喉を鳴らした。

「《鳳凰星武祭》じゃダメね。一人ではあなたの欠点をフォローしきれないでしょうから。となると――」

「《獅鷲星武祭》……！」

美奈兎がそう言うと、クロエはこくりとうなずいてみせる。

「《獅鷲星武祭》は一チーム五人による団体戦。だからまず仲間を集めなさい。あなたの欠点を補えるような仲間を。もしあなたが本当に夢を掴みたいというなら――それがおそらく唯一の道よ」

第二章　心形一箭《しんぎょういっせん》

「そっか……なるほど！　《獅鷲星武祭《グリプス》》でなら、あたしでも夢に手が届くかもしれないんだ！」

目を輝かせて拳を握り締める美奈兎《みなと》。

「まさか、本当に今まで考えたことがなかったの？」

「だ、だって……あたし訓練ばっかりしてたから、あんまり友達多くないし……」

呆《あき》れたように言うクロエに、美奈兎は口を尖《とが》らせる。

「とにかく、チーム戦の利点はあなたの欠点を補えるだけじゃないわ。《獅鷲星武祭》ではチームリーダーの校章を破壊すれば、他のメンバーが残っていても勝利となる。それはつまり、総合力や個人の力が劣っていても、戦略次第で覆すことも可能だということよ」

クロエはそこまで言って、ふと溜《た》め息《いき》を吐いた。

「──ただし、あくまで可能性の話で、困難な道には変わりないと思うけれど」

「え？　どういうこと？」

きょとんとした顔の美奈兎に、クロエはやや大げさに肩を竦《すく》めてみせる。

「美奈兎、あなたチームメイトに心当たりがあるの？」

「あ……」

そうだ。《獅鷲星武祭》はチーム戦。

ということは、勝ち負け以前の問題としてそのメンバーを揃《そろ》えない限り、スタートラインにさえ立てないということになる。

「それも今言った通りただの友達ではダメよ。あなたの弱点をフォローできるだけの力を持った人でなければ意味がないわ。そして——仮にそんな人がいたとして、果たしてあなたとチームを組んでくれるかしら？」

「そ、それは……」

「在学中、《星武祭《フェスタ》》へ出場できるのはたった三回。あなたとチームを組むだけのメリットがなければ、余程の物好きでない限り首を縦に振ることはないでしょうね」

確かにクロエの言う通りだ。

《獅鷲星武祭》で勝つためには強い仲間が必要だが、そんな人物がわざわざ美奈兎を選ぶ必要がない。他にいくらでも選択肢があるだろう。

「……でも、声をかけてみるだけならタダだよね？」

その言葉に、クロエの眉がぴくんと動く。

「本当に呆れるほど前向きね、あなたは」

「だって断られる前に諦めちゃったらもったいないもん。駄目元でも、まずはアタックしてみないと」

そう言う美奈兎《みなと》の言葉には、揺るがない強い信念があった。

「その様子だと、誰か目星を付けている人がいるようね」

「うん、どうしても仲間になってほしい人がいるんだ」

「ふぅん。それで、一体どんな──」

クロエは何気ない様子で相槌《あいづち》を打ったが、美奈兎が自分をキラキラした瞳で見つめているのに気が付いたのか、はっと目を見開く。

「ちょっと待って……まさか」

「うん！　あたしはクロエに仲間になってほしい！」

美奈兎はそう言うと、クロエの手を両手で握った。

が、珍しくうろたえた様子でクロエはその手を振《ふ》り解《ほど》く。

「わ、私はダメよ！」

「うー、やっぱり？」

さすがにしょぼんと肩を落とす美奈兎だったが、それでも諦めきれず、すぐにぐっと身を乗り出してくる。

「でもでも、クロエと一緒なら本当に勝ち抜ける気がするんだ！　そりゃあ、クロエくらいすごければ、あたしなんかと組んでもしょうがないかもしれないけど……」

「違うわ。そうじゃなくて、むしろその逆よ」

クロエはそう言って、ゆっくりと首を横に振る。

「え……？」

「私はデータ処理や分析、戦術立案は得意だけれど、戦闘能力はほとんどないの。もちろんこれでも《星脈世代《ジェネステラ》》だし、身を守るくらいならできるけど、普通に闘えば美奈兎にも敵わないでしょうね」

「そうなんだ……」

意外な言葉に美奈兎が目をぱちくりさせた。

「私がチームに入っても足を引っ張るだけだわ。だから――」

「ううん、それでもあたしはクロエにチームに入ってほしい！　だってあたしがヴァイオレットに勝てたのはクロエのおかげだもん！」

「私の話を聞いてなかったの？　チームメンバーに選ぶのは――」

クロエが少し――ほんの少しだけ、不機嫌そうに顔を顰《しか》める。

「――あたしの弱点をフォローできる人、でしょ？　だったらやっぱりクロエしかいないよ。だってあたしの一番の弱点はクロエみたいに頭を使って闘うことができないってところだもん」

「……それを自分で言う？」

美奈兎《みなと》としては素直な気持ちを伝えたつもりだったが、クロエは仕方ないといったように苦笑を浮かべた。

「はぁ……わかったわ」

「え、それじゃ――！」

「いいえ。やっぱり私はあなたのチームに入ることはできない。ただし、その代わりにメンバー探しを手伝ってあげる。それならどう？」

「えー……」

美奈兎としてはどうしてもクロエがよかったので不満の声を上げると。

「そう。ならいいわ」

クロエはそう言ってくるりと踵《きびす》を返し、すたすたと通路を歩いていってしまう。

「わー！　ちょ、ちょっと待って！」

慌てて呼び止める美奈兎。

「私はもうあなたへの義理は果たした。そうよね？」

クロエの言葉は完全に正しい。

そもそも今回クロエが美奈兎に力を貸してくれたのは、ヴァイオレットに絡まれていたクロエを美奈兎が助けたからだ。その貸し借りはすでに美奈兎へのアドバイスという形で清算されており、クロエにはチームに入る義理はない。メンバー探しを手伝ってくれるというだけでも破格だろう。

「うぐぐ……わかり、ました……。お手伝い、よろしくお願いします！」

美奈兎は未練たらたらの顔で、しかし仕方なく深々と頭を下げた。

「いいわ、乗りかかった船だしそれくらいは手伝ってあげる。それじゃ明日までに何人か候補をピックアップしてくるから、続きはそれからにしましょう」

＊

照明を落とした暗い部屋の中で、クロエは大きくサイズを拡張した空間ウィンドウに囲まれていた。

クインヴェール女学園、学生寮の自室。本来ならば二人で使用するはずの部屋だが、生憎《あいにく》と同部屋の住人は休学中――ということになっている。備え付けの机とベッド以外はほとんど物らしい物がなく、クロエの私物といえば今使っている端末くらいだ。もっとも厳密に言えばこの端末も与えられたものであるため、クロエの私物ではない。

さらに言うならば、クロエ自身さえも。

「これで七人……もう少しほしいところだけれど」

クロエはそうつぶやいて、光学キーボードを叩く手を休めた。

「……なにをやっているのかしらね、私は」

言って、自嘲気味に苦笑する。

——若宮美奈兎《わかみやみなと》。彼女に力を貸したのは、ほんの気まぐれのはずだった。それなりに面白い素材であったのは確かだが、マークしておくほどの人物ではない。

ここまでしてやる義理はないし、するつもりもなかった。

なのに、なぜだか愚直なまでに真っ直ぐ夢を語る美奈兎の瞳が頭から離れない。

クロエは視線を落とし、自分の手を見つめた。

『あたしはクロエに仲間になってほしい！』

その手をしっかりと掴んだ美奈兎の手の温《ぬく》もりと、ひたすらに一途《いちず》な声が思い出される。

知らず、クロエの口元が綻ぶが。

『——クロエ』

突然クロエの携帯端末に連絡が入り、新しい空間ウィンドウが展開された。

「っ！」

一瞬でクロエの顔が引き締まり、真っ黒な空間ウィンドウに向き直る。

『定時連絡の時間ですが、どうかしましたか？』

「……申し訳ありません。私事で少し」

音声通信の空間ウィンドウから響いてくる落ち着いた声に、クロエは正直に答えた。

『ほう、それは珍しいですね』

時計を確認すると、定時連絡の時間は五分前。それを忘れてしまったのは、明らかな過失だ。

クロエは叱責を覚悟したが、それに反して声の主はむしろ面白がっているようだった。

『あなたは有能ですが、少し堅すぎます。今更溶け込めとは言いませんが、あまり浮きすぎてもよろしくありません』

「……はい」

それはクロエが常々言われてきたことだ。

『私事にかまける余裕ができたのは、ある意味で喜ばしいことです。無論、あなたの仕事に差し支えない範囲であれば、ですが』

「……」

クロエが無言のままでいると、空間ウィンドウの向こうから小さく溜《た》め息《いき》が聞こえてきた。

『まあ、いいでしょう。――新しい仕事です』

「急を要する件でしょうか？」

『いえ、期限は特に設けていません。現在の仕事と並行してお願いします。詳細は送っておきましたので、支障があるようでしたらまた連絡を』
「了解しました」
クロエが答えると同時に、空間ウィンドウが消える。
それを見届けてからクロエはゆっくりと目を瞑《つむ》り、椅子の背もたれに体重を預けた。

＊

——翌日、昼休み。

「おおー、すごいすごい。本当に載ってるじゃない」

美奈兎《みなと》はいつものように食堂のテラス席でチェルシーと昼食を共にしていたが、そのチェルシーは食事もそこそこに空間ウィンドウへ視線を向けていた。新聞部が今朝配っていた学内新聞だ。

そこには美奈兎がヴァイオレットを打ち破った記事がどーんと掲載されており、なんとちょっとしたインタビューのようなものまで付いている。さすがに一面とまではいかなかったが、Ｖサインをした自分の姿がこうして学内に広まっているかと思うとさすがに気恥ずかしい。

「『あの若宮《わかみや》美奈兎さんが《崩弾の魔女《オーヴァアリーゼル》》を相手に劇的勝利！　五十連敗寸前から奇跡の

序列入り！』か……」

「でへへ……」

記事を読み上げるチェルシーに、美奈兎が緩んだ顔で頭を掻く。

「で、どうどう？　感想は？」

「うーん、美奈兎って写真写りいいよねえ。羨ましいなあ」

「そこなの!?」

「あははは、冗談冗談」

がくりとよろける美奈兎に、チェルシーは悪戯《いたずら》っぽい笑みを浮かべて親指を立てた。

「おめでとう、美奈兎。やったじゃん」

「ありがとー！」

二人で手を取り、きゃっきゃっとはしゃぐ。

「でもさ、このインタビュー。例の……クロエさんだっけ？　その人のこと、どこにも触れてないけど？」

「あー、うん。クロエがあんまり目立ちたくないから言わないでおいてくれって……」

「ふーん、謙虚なんだねえ」

チェルシーはそう言うと、ようやくランチプレートに手を付け始めた。

バゲットを小さくむしって口に運び、頬杖《ほおづえ》をつく。

「それで、今度は《獅鷲星武祭《グリプス》》に出るんだっけ？」

「うん、そうなんだけど……メンバー集めが大変そうでさ」

美奈兎《みなと》も今日も今日とて焼きそばパンをかじりながら、机に突っ伏す。

「そりゃそうだ。《獅鷲星武祭》って言ったら一番ハードルが高い《星武祭《フェスタ》》だし……って、ちょ、美奈兎！」

「うに？」

チェルシーがぶんぶんと手を振るので顔を上げると、すぐ隣にクロエが立っていた。

「うわっ、クロエ⁉」

慌てて美奈兎は身体《からだ》を起こす。

「少しお邪魔するわ」

そんな美奈兎を横目に、返事を待つことなくクロエは美奈兎たちと同じテーブルに着いた。

「へぇ……この人がクロエさんか。美奈兎のことだから話半分に聞いてたけど、本当にすっごい美人さんだねえ」

「えへへ、でしょでしょ。あ、クロエ。こっちはチェルシー。あたしの友達だよ」

「どうも」

クロエは素っ気無い挨拶だったが、チェルシーは気にする素振りもなく話かける。

「ねえねえ、クロエさん。私のバイト先が今人手不足なんだけどさ、もし良かったらどうかな？　クロエさんくらい美人だったら絶対面接通ると思うし」

「申し訳ないけれど」

「うーん、残念」

チェルシーの勧誘をきっぱりと断ったクロエは、懐から携帯端末を取り出すと複数の空間ウィンドウを一気に開いた。

「うわ、なにこれ？」

「昨日話したあなたのチームメンバー候補よ。もちろん、私が勝手に選んだだけだから受けてくれるかは別の話だけど」

「おおー、それでもこんなにいるんだ」

空間ウィンドウのサイズは縮小してあるが、その数は十個近くはあるだろう。

「言っておくけど、あなたの他に四人必要なのよ？　今のところ候補は九人。二人に一人は口説き落とさないといけないわけだけど、自信はあるの？」

「う……そう言われるとなんか難しいような気がしてきた」

数字はいつだって現実的だ。

「まあいいわ。とにかく、この中からあなたが気になる人を選んでみなさい」

「うーん……」

言われて美奈兎《みなと》は空間ウィンドウを見比べてみる。

「……あれ？」

と、その中に一つ気になる顔を見つけた。

「どうかした？」

「うん、この子って確か……ああ、やっぱり蓮城寺《れんじょうじ》さんだ」

映し出された顔写真だけでは不安だったが、それに添えられたデータを見るとやはり間違いない。

同じクラスの蓮城寺柚陽《ゆずひ》だ。

「蓮城寺さん？　……おお、ホントだ」

チェルシーも同じクラスなので確認してもらうと、うんうんとうなずく。

「ああ、あなたも蓮城寺柚陽も一年A組だったわね。仲がいいの？」

「ううん。あんまり喋《しゃべ》ったことはないかな」

落ち着いた性格の美人で、綺麗《きれい》な黒髪の大和撫子《やまとなでしこ》といった印象だ。

「でも蓮城寺さんって、《星武祭《フェスタ》》にも公式序列戦にも参加してなかったような……だからてっきり私と同じ脱落組かと思ってた」

「うんうん」

チェルシーの言葉に美奈兎も同意する。

それほど親しいわけではないが、静かでおっとりとした性格だということくらいは知っている。あまり積極的に闘いの場に出るようなタイプには見えなかった。

「気になるようなら、直接見て確かめたらいいわ。少なくともお互い顔を知っているのなら、話も通しやすいでしょうし」

「え？」

「今日の放課後、ここで待ち合わせるとしましょう。彼女がどういう闘い方をするのか、見せてあげるわ」

クロエが突然そんなことを言い出すので美奈兎は、きょとんとしたまま首を傾《かし》げた。

「話をするだけなら教室でいいんじゃないの？」

どうせこれからまた午後の授業で顔を合わせるのだ。

するとクロエは小さく溜《た》め息《いき》を吐《つ》く。

「あなたのチームメンバーになるかもしれない相手なのよ？　あまり私を信用しすぎないで、まずはどんな人間なのか自分の目で見極めなさい」

「う、うん。そうだね」

それはまったくもってごもっともな意見だったので、美奈兎は大きくうなずいた。

＊

放課後、クロエと合流した美奈兎《みなと》は案内されるまま女子寮近くの森へ向かっていた。

先日、美奈兎とクロエが初めて出会った場所の近くだ。

「そういえば蓮城寺《れんじょうじ》さんって、いつも帰るの早いんだよね。今日も気が付いたらもういなくなっちゃっててさ」

「ああ、それはあなたと一緒よ」

遊歩道を歩きながら何気なくそう言うと、前を行くクロエが振り向かずに答えた。

「あたしと一緒って？」

「──彼女も毎日訓練を積んでいるのよ。ここでね」

クロエはそう言うと、遊歩道を逸《そ》れて森の中へと入って行く。

「え？　ちょ、ちょっとクロエ？」

学園の敷地内だけあって灌木《かんぼく》などもよく手入れがされているため、道を外れてもさほど歩きにくいということはないが、それでも少し驚いた。普通はこんなところを進もうなどとは考えないだろう。

──と。

『警告です。この付近は煌式武装《ルークス》を用いた訓練が行われています。十分に注意して下さい』

「うわっ!?　な、なになに？」

突然胸の校章がそんなことを告げる。

「あら、ちゃんと学園に申請しているのね。律儀だこと」

「申請って？」

焦る美奈兎とは対照的に、クロエは至って平然とした顔だ。

「本来、決められた場所以外で煌式武装を使った自主訓練をする場合、学園に申請する必要があるのよ。まあ、きっちり守っている人はそう多くないけれど」

「へぇ……」

確かに美奈兎もトレーニングホールの予約が取れなかったりする時は、あまり人がこなそうな場所で訓練をしたりするが、許可が必要だとは思わなかった。

「まあ、彼女の場合は武器が武器だから、仕方がないかもしれないわね」

「っ！」

クロエがそう言った瞬間、美奈兎は剣呑《けんのん》な気配を感じてとっさに身を屈《かが》める。

と、美奈兎の頭上――数メートル上で、かこんと乾いた音が響いた。

「え……？」

呆気《あっけ》に取られて見上げてみれば、すぐ隣の木の枝から縄で吊るされた板が、大きく振り子のように揺れている。

木の板は手の平くらいのサイズで、かなり小さい。

よくよく見れば、このあたりの木の枝には同じような板があちこちにぶら下がっていた。

なんだろうと思って眺めていると、一条の閃光《せんこう》が走り、その板の一枚が跳ね上がる。

そこでようやく理解した。

「この板って、ひょっとして……的？」

森の奥へと目を凝らすと、木立の間に長弓型の煌式武装《ルークス》を構えた少女——蓮城寺柚陽《れんじょうじゆずひ》が立っている。

柚陽は一定間隔で身体《からだ》の向きを変えながら、流れるように光の矢を放つと、それらは全て寸分違わず板の中心を射抜いていた。

「すごい……」

技量もさることながら、なにより美奈兎《みなと》の心を捉えたのはその凛《りん》とした立ち姿だ。

普段のおっとりとした姿からは想像できないほど涼やかな佇《たたず》まいは、まるで一輪の百合《ゆり》の花のようで気品さえ感じられる。

が、そこで美奈兎はあることに気がついた。

「……ねえ、クロエ。もしかして蓮城寺さん、目を瞑《つむ》ってる……？」

「そのようね」

クロエはあっさりと言い放ったが、美奈兎はその言葉に目を見開いた。

的は柚陽を取り囲むようにして四方の枝に吊るされているが、その距離はまちまちだ。

近いところで数メートル、遠いものでは数十メートルは離れているだろう。それを目を瞑ったまま全て射抜くなど、もはや神業の領域だ。

「えーと……」

さすがに言葉が出てこない。

が、それを見越していたかのように、クロエが言った。

「安心していいわ、美奈兎。確かに蓮城寺柚陽は天才的な弓術の腕を持っているけれど、あなたと同じく致命的な弱点があるの」

「致命的な弱点？」

「そう。もっともそれは彼女だけではなく、私がピックアップした九人全員に共通する特徴よ。ある分野においては突出した才能を持ちながら、それを帳消しにしてしまうほどの大きな欠点を持つ者」

なるほど。確かにただ単に強く才能溢《あふ》れる人材では美奈兎とチームを組むメリットはなにもない。だが、美奈兎の弱点をフォローしてもらうのと同じように、美奈兎が相手の弱点をフォローすることもできるはずだ。

「――つまり、凸《でこ》で凹《ぼこ》を埋めようってわけだね？」

「ご明察」

ということは、柚陽にもなにか弱点が――それもこの天才的な弓の腕を相殺してしまうほどの大きな弱点があるということになる。

「あなたが蓮城寺柚陽《れんじょうじゆずひ》を選んだのは偶然かもしれないけれど、彼女の欠点はおそらくあなたと一番相性が……」

クロエがそこまで言いかけたところで、訓練を終えたのか柚陽がゆっくりと構えを解いた。

そして開いたその瞳をこちらに向け、にっこりと微笑《ほほえ》む。

「お待たせしました。私になにかご用でしょうか？」

どうやら美奈兎《みなと》たちに気がついていたらしい。

柚陽はそのまま美奈兎たちのほうへ歩き出そうとして。

「……あっ」

木の根に足を引っ掛け、見事に顔面から転倒した。

＊

「——運動音痴？」

「まあ、正確には敏捷性《びんしょうせい》や反射神経といった近接戦闘に必要な要素が、著しく欠落していると言うべきかしらね。つまりあなたの真逆なのよ、彼女は」

「なるほど」

近接戦闘しかできない美奈兎《みなと》に対して、柚陽《ゆずひ》は遠距離攻撃しかできないというわけか。思い返してみればその射撃も脅威の精密さではあったが、速射性の面ではそれほどでもなかった。

「あいたたた……」

その柚陽は鼻の頭を押さえながら立ち上がると、スカートの埃《ほこり》を払ってから苦笑を浮かべた。

「どうもお恥ずかしいところをお見せしました、若宮《わかみや》さん」

「ううん、こっちこそ訓練の邪魔をしてごめんね。——あ、こっちは友達のクロエ」

「……友達？」

クロエはその紹介に一瞬驚いたような表情を浮かべたが、すぐにいつも通りの冷静な顔に戻って右手を差し出した。

「初めまして、蓮城寺《れんじようじ》柚陽」

「こちらこそ、クロエさん」

柚陽は穏やかに微笑《ほほえ》みながら、その手を握り返す。

「それにしても蓮城寺さん、ものすごく弓が上手なんだね。びっくりしちゃった」

「いえいえ、私などまだまだです」

「でも、どうしてこんなところで訓練してるの？　トレーニングルームならもっと最新式の設備とかあるでしょ？」

美奈兎は素朴な疑問を口にした。

煌式武装《ルークス》における射撃武器の大半は銃型であり、弓型というのはかなり珍しい。それでも一定数の使用者がいる以上、練習場は用意されているはずだ。

こう言ってはなんだが、柚陽の訓練方法はだいぶアナクロに思える。

「できれば昔からやっていたのと同じ訓練をしたいと思っていましたので」

「へぇー」

「それで——私になにかお話があっていらしたのでは？」

するとと柚陽がそう水を向けてきた。

美奈兎はクロエに一瞬視線を送り、うなずく。

「実は……蓮城寺さんにあたしのチームメンバーになってほしいんだ」

率直にそう切り出すと、柚陽は少し驚いたように首を傾《かし》げた。

「チームというと、《獅鷲星武祭《グリプス》》の？」

「うん」

「ですが、私は——」

柚陽はそう言いかけたところで、はっとなにかに気がついたように薄く笑う。

「なるほど。つまり、私の弓術と若宮《わかみや》さんの体術で、お互いの不足を補おうというわけですね？」

どうやらすぐに美奈兎《みなと》たちの意図を察したらしい。頭の回転は速いようだ——少なくとも、美奈兎よりはずっと。

「面白い発想ですし、若宮さんには少なからず興味はありますが……申し訳ありません。お断りいたします」

柚陽《ゆずひ》はきっぱりそう言うと、深々と頭を下げた。

「う……り、理由を聞いてもいいかな？」

「まず私は《星武祭《フェスタ》》に興味がありません。多くの方々はなにかしらの望みを持ってこのアスタリスクの門を叩いたことと思いますが、私はそうではないのです」

「じゃあ、どうして……？」

柚陽はそこで一度小さく息を吐くと、真剣な表情で答える。

「修行のためです」

「修行って、弓の？」

「はい。私の学んでいる流派には、『心形一箭《しんぎょういっせん》』と呼ばれる極意があり、それを体得するためにはもっと多くの経験——実戦での経験が必要だと考えました。それにはここが最適です」

確かにここでならいくらでも実戦経験を積むことが可能だろう。

ただ、それなら——

「だったら、《獅鷲星武祭《グリプス》》に出るのも経験になるんじゃないかな？」

が、柚陽はゆっくり首を横に振る。

「それはその通りかもしれません。ですが……なんの望みも持たない私が、真剣に叶《かな》えたい願いを持って覇を競い合う舞台に上がるのは、他の方々に失礼になりますから」

美奈兎はその答えに目を瞬かせた。

「……蓮城寺《れんじょうじ》さんって……その、真面目なんだね」

「よく言われます」

にっこりと微笑《ほほえ》む柚陽。

「ですから私は公式序列戦にも参加せず、野試合を中心に経験を積んでいます」

野試合——つまり決闘だろう。

「若宮さんもなにか叶えたい願いがあるからこそ、《獅鷲星武祭》に参加されるのでしょう？」

「うん。あたしはね、月に行きたいんだ」

「月に？」

さすがに驚いたのか柚陽が目を丸くするが、すぐに優しく目を細める。

「それは素敵な夢ですね」

「えへへ……」

「ですが、でしたらなおのこと私のようなものより、若宮《わかみや》さんと同じように高い志を持った方とチームを組むべきです」

「うーん……」

柚陽《ゆずひ》の決意……というよりも信念にはきちんと筋が通っている。おそらく説得は難しいだろう。

それでも美奈兎《みなと》は諦め切れなかった。

それを察したのか、柚陽が苦笑する。

「それほどまでに私の弓の腕を買ってくださるのは光栄ですが、生憎《あいにく》と……」

「ううん、そうじゃないの」

「え?」

首を振る美奈兎に、きょとんとした表情になる柚陽。

「あ、いや、違うってわけでもないか。蓮城寺《れんじようじ》さんの力がほしいって思ったのは本当なんだけど、それ以上に——弓を構えてる蓮城寺さんの姿が、すっごく綺麗《きれい》だったから」

「——っ」

「こんな人と一緒に闘えたら素敵だろうなぁって……えへへ、ごめん。なに言ってるんだろうね、あたし」

「い、いえ……」

柚陽はわずかに頬《ほお》を染め、照れたようについっと視線を逸《そ》らす。

「——私からも少しいいかしら？」

と、そのタイミングを待っていたかのように、今まで黙っていたクロエが一歩前に出た。

「どうぞ、クロエさん」

「私にはあなたの流派のことはわからないけれど……このアスタリスクにやってきて、その極意に近づくことはできたのかしら？」

その問いかけに、柚陽は残念そうに眉を寄せた。

「いいえ、残念ながら」

「だったら、より過酷な環境に身を置いてみたらどう？　修行ってそういうものでしょう？」

「……《獅鷲星武祭《グリプス》》に出ることがそうだと？」

「あなたの言う通り、《星武祭《フェスタ》》に出場しようという人間はなにかしら強い願いを抱いた者ばかりよ。だからこそ、意気込みが違う。ただの決闘とは比較にならないわ」

「そうかもしれませんね。ですが、やはり私には……」

「叶《かな》えたい願いがないと？」

　クロエの語気がわずかに強まり、その瞳に苛立《いらだ》ちと羨望《せんぼう》がないまぜになったような色がほんの一瞬だけよぎった。

「蓮城寺柚陽《れんじょうじゆずひ》、あなたは先ほど自分で言ったはずよ。極意を体得するためにこのアスタリスクへ来たと。もし《星武祭《フェスタ》》でしかそれが叶《かな》わないとすれば、あなたは他の人と変わらないわ。それを得るために必要なものが、結果なのか過程なのかという違いだけよ」

　クロエの言葉に、柚陽は考え込んだ。

「……そういう風に考えたことはありませんでした。なるほど、一理あります」

「じゃあ——」

　美奈兎《みなと》の顔がぱっと明るくなる。

「ですが、仮にそうだとしても私が入るチームが若宮《わかみや》さんのチームである必要性はありませんよね？」

「う……」

　それはその通りだ。

「一応言っておくけれど、集団戦においてあなたはかなり扱いが難しい。他のチームに入ったとしても、上手《うま》く勝ち上がれるかはわからないわよ？」

「あら、私の目的が過程にあるとすれば勝ち上がる必要はないのでは？」

「……」

にっこりと笑って言い返す柚陽に、クロエが沈黙する。

柚陽ははらはらしながらその様子を見ていた美奈兎に向き直ると、くすくすと肩を震わせて言った。

「ごめんなさい。でも、私も若宮さんの力を見てみたいと思いまして」

＊

「……はぁ、なんでこうなるかなぁ」

美奈兎は準備運動をしながら、溜《た》め息《いき》を吐いてそう言った。

「いいじゃない。これであなたが勝てばチームに入ってくれるというのだから上々よ。ここまで持ち込んだだけでも褒《ほ》めてあげるわ」

腕組みをしたクロエの口調は、完全に他人事だ。

「それに負けたところでなにか失うものがあるわけじゃないでしょう？　こんな有利な条件はないわ」

「そりゃあ、条件だけ見ればそうだろうけど……」

柚陽が提示してきたのは美奈兎の実力を確かめること。

そのために、変則的ながら美奈兎は柚陽と決闘をすることになった。

ただし、普通の決闘と違って校章の破壊が勝利条件ではない。

クロエと柚陽《ゆずひ》が話し合ってルールを定め、結局試合時間を十分と限り、その間に美奈兎《みなと》が柚陽に触れることができたら美奈兎の勝利。逆にその間美奈兎の接近を阻止し続けることができたら柚陽の勝利ということになった。

「私のほうはいつでも大丈夫ですよ」

十メートル程度離れた場所から、柚陽がそう声をかけてくる。

「あ、も、もうちょっとだけ待って！」

美奈兎はそう答えると、クロエに非難がましい目を向けた。

「あたしが遠距離攻撃苦手なの、クロエだって知ってるでしょ？　そりゃあ、クロエのアドバイスをもらって少しは改善したけど……とても蓮城寺《れんじようじ》さんの攻撃をかわし切るなんて無理だよ」

先ほど見ただけでもわかる。

ヴァイオレット・ワインバーグは正確さよりも手数を重視するタイプだったのでまだ付け焼刃が通用したが、今度の相手は明らかにレベルが違う。

「……なにか作戦、あるんだよね？」

声を潜めてそう訊《たず》ねる美奈兎だったが。

「今のところ打つ手はないわ」

クロエはばっさりそう切り捨てた。

「そんなぁ……」

「じゃあ諦める？」

どこか試すような、その口調。

「……嫌だ。がんばる」

美奈兎がそう答えると、クロエの表情がほんの少し柔らかくなった気がした。

「いいわ。とりあえず基本に忠実にいきましょう。まずは木々を盾代わりに使いつつ接近してみなさい。あとは試合中になんとか手を探ってみるわ」

このあたりは木々の間隔が広く、遮蔽物がさっきまでいた場所よりも少ない。

とはいえ完全な平地よりはずっとマシだろう。

「……了解！」

美奈兎はそう言うと、ナックル型の煌式武装《ルークス》を起動させ、軽く拳を打ち鳴らした。

「では……始め！」

正式な決闘ではないので、校章ではなくクロエが試合開始を告げる。

「よーし、いっくぞー！」

美奈兎はクロエの指示通り、木々に隠れるようにしながら少しずつ柚陽との距離を詰めていく。

一方の柚陽《ゆずひ》は弓を構えているものの、そこに生成された光の矢を放つ気配はない。

柚陽の周囲五メートルには隠れられるような木々はないが、そこまで行けばもはや一呼吸で間合いに入れる。美奈兎《みなと》の脚力なら一足飛びで勝負を付けられるかもしれない。

(うん、やってみよう!)

考えるよりもまず実践。

美奈兎はそう決めると、木々の陰から飛び出した。

——が、その瞬間。

「っ!?」

身体《からだ》の中心に衝撃が走り、美奈兎は思い切り背後に跳ね飛ばされていた。

ごろごろと十メートル近く地面を転がり、大木にぶつかってようやくとまる。

「ふきゅう!」

ごつんと後頭部をぶつけたが、その痛みがくるまで美奈兎は自分が射抜かれたのだとわからなかった。

唖然《あぜん》としたまま視線を上げると、柚陽は弓を構えたまま笑顔で言った。

「練習用に威力調整をしてありますので、刺さったりはしませんよ。ただし、その分衝撃力は増しています。お気を付けください」

「気を付けるもなにも……」

立ち上がりながら身体の状況を確認するが、確かにダメージらしいダメージはない。美奈兎の星辰力《プラーナ》の少なさから考えれば、ある意味でこれはありがたかった。

ちらりとクロエを見ると、真剣な表情のまま顎だけをくいっと動かす。

「……トライアル&エラーでがんばれってことね」

いいだろう。それは美奈兎の得意分野だ。

「おし、まだまだー！」

美奈兎は気合を入れ直すと、再び柚陽に向かって行った。

――そして、試合開始から五分。

「んきゅう！」

もはや何度目か……いや、何十回目かわからないが、美奈兎は最初と同じように地面を転がっていた。

いや、全く同じではない。美奈兎も回数を重ねるごとに少しずつ近づけるようになってはいる。だが、それでも柚陽は最初の位置から一歩も動いていなかった。

「ねえ、クロエ……そろそろあたしも心が折れそうになってきたんだけど」

逆さまに転んだ状態で、美奈兎がクロエに向かって言う。

「嘘《うそ》おっしゃい。そんな脆《もろ》い心の持ち主だったら、私は協力してないわ」

が、クロエの返事は実につれない。

「えへへ……でも、さすがにあたしもわかってきたよ。真っ向勝負じゃ到底敵わないや」

美奈兎《みなと》は身体《からだ》を起こすと、木々に身を隠しながらそう言った。

何十回も試せば相手の失敗や運が介在する余地もあるかと思ったが、そんなゆらぎがまるでない。

「そうね。正直、私もここまでとは思わなかったわ」

クロエの声には純粋に感嘆の色が滲《にじ》んでいる。

「なにか作戦、思いついた？」

「今あるデータだけじゃ厳しいわね。……体感してみた感想は？」

「うーん……なんかこう、一定の距離まで近付くと、急に雰囲気が変わるんだよね。距離があるうちはあたしでもなんとかかわせるんだけど、そこから先は空気が違うっていうか……」

美奈兎は必死に言葉を探す。

「空気が違う？」

「時間がゆっくり感じられるっていうか、攻撃がくるのはわかるんだ。それがどこに当たるかまではっきりわかるんだけど、自分の動きのほうが遅くてそれに対応できないみたいな……」

なんと説明していいかわからず、頭を掻く。

「なるほど……おそらくその範囲が彼女の絶対防衛圏ね。見た限り《冒頭の十二人《ページ・ワン》》クラスでないと正面突破は難しいか……」

つまり今の美奈兎では到底無理ということだ。

「うー、わかってるのにかわせないのは悔しいなあ」

「……」

クロエはしばらく考え込んでいたが、ふと顔を上げて美奈兎を見た。

「美奈兎、あなた平衡感覚に自信はある？」

「え？　なに、突然」

美奈兎は戸惑ったが、素直にうなずいた。

美奈兎の玄空流《げんくうりゅう》は軸足による身体全体の回転と、体の捻りを使った円の動きが特徴の一つだ。子どもの頃からバランス感覚は鍛えられている。

「なら、一つだけ打開策を思いついたわ。ただし、おそらく通用するのは一回きりだし、難易度もかなり高くなる」

「教えて、クロエ」

美奈兎は即答した。

どうせこのままでは打つ手もなくタイムアップだ。だったらどんなに難しかろうと試せるものは試してみるしかない。

「それじゃあ、まずは……」

クロエはそっと顔を寄せると、耳打ちする。

「――どう？　できそう？」

「わからない……けど、やってみるしかないよね！」

クロエの作戦はとんでもないものだったが、今はそれに賭けるしかない。

美奈兎《みなと》は両手で頬《ほお》を叩いて再度気合を入れると、呼吸を整え飛び出した。

＊

若宮《わかみや》美奈兎の噂《うわさ》は聞いていた。どれだけ連敗を重ねても諦めず、闘い続ける不器用なクラスメイト。

どちらかと言えば揶揄《やゆ》する声のほうが多かったが、柚陽《ゆずひ》自身は純粋に応援していた。

あまり話したことはなかったものの、その真っ直ぐなひた向きさが好ましかったからだ。

だからあのヴァイオレット・ワインバーグとの決闘に勝ったと聞いたときは喜ばしいと思ったし、自分をチームに誘ってくれたことも嬉《うれ》しかった。

クロエという女生徒の言葉で、自分の視野の狭さにも気がつくことができた。

それには感謝している。

だが、それと勝負は別の問題だ。柚陽はずっとそう教えられてきた。

情けを持てど、それを制し流されるべからず。

美奈兎には才能がある。それはこの闘いの最中、少しずつ自分の攻撃に対応してきているることからも察せられるし、その動きには訓練を重ねてきたものの重みも感じられる。

だが、まだ柚陽の〝識《しき》〟の境地を突破できるほどではない。

今の柚陽の知覚は周囲の空間にまで拡大され、その中の動きを完全に把握している。どれだけ美奈兎が速く複雑な動きをしようとも、柚陽にはそれを射抜くことが可能だ。

柚陽は運動神経が悪く、接近戦になれば手も足も出ない。矢が自動生成される煌式武装《ルークス》の弓を用いても速射は覚束《おぼつか》ない。ただ、その射撃精度にだけは自信があった。

(残り時間は……あと三分程度でしょうか)

おそらくクロエとなにか作戦を立てているのだろう。

少し話しただけでも、あの少女がかなりの切れ者だということはわかった。油断はしない。

──と。

「いっくぞー!」

気合の声と共に、美奈兎が飛び出してきた。

牽制《けんせい》するように矢を放つが、まだ距離がある。

美奈兎《みなと》はその攻撃をかわすと、木々の陰から陰へと渡りながら、柚陽《ゆずひ》の背後に回りこもうとしているようだ。

（攪乱《かくらん》のつもりでしょうか……ですが）

結局のところ、美奈兎が自分の身体《からだ》に触れるには陰から飛び出してこなければならない。

柚陽はそれを迎え撃てばいい。

美奈兎の移動に合わせて身体の向きを少しずつ変えながら、その時を待つ。

「はあああああああああ！」

（ここです……！）

拳を構え、跳躍してきた美奈兎に向かって矢を放つ。

美奈兎の動きはさらに鋭さを増していたが、それでも十分に捉えたはずだった。

——だが。

矢が当たる直前で、美奈兎が身体をわずかに捻る。

かわしきれるほどではない。ほんのわずかに、当たる角度が変わった程度だ。

が、その衝撃は美奈兎の身体を背後へと跳ね飛ばすのではなく、身体を回転させる方向へ力を伝えていた。

「なっ……!?」

コマのように身体を回転させながら、美奈兎が一瞬で柚陽の横を通り過ぎる。

柚陽が慌てて振り向くと、どしんという大きな衝撃音と共に美奈兎が背中から木の幹に激突していた。

ずるずるとずり落ちながら、美奈兎が苦笑を浮かべる。

「えへへへ……」

ゆっくりと持ち上げたその手に握られているのは——校章。

はっとして自分の胸を確認すると、先ほどまで確かにあったはずのそれがなくなっている。

「まさか……」

愕然《がくぜん》としてもう一度美奈兎へ視線を戻すと、美奈兎はその校章を握ったままVサインをしてみせた。

「——これであたしの勝ち、だよね？」

＊

「まさかのあの一瞬のすれ違い様に校章を奪うとは……感服しました」

柚陽がそう言って差し出した手を取り、立ち上がる。

「えへへ、もう一度やれって言われても無理だけどね」

美奈兎《みなと》は鼻の頭を掻きながら笑った。

そもそも、この手が通じるのは今回限りだ。柚陽《ゆずひ》の煌式武装《ルークス》が威力調整され、ダメージではなく衝撃に変換されていたからこそ、それを回転する方向へ転化させることができた。もしこれが実戦向けの調整をされていたならば、星辰力《プラーナ》を防御に回して受け止めなければならなかっただろう。さもなくば普通に刺さっていたはずだ。

矢を受ける角度もクロエからベストの数字を教えられていたものの、まさかぶっつけ本番でそれを調整できるわけもない。当たる角度が深すぎれば今までと同じように背後に吹き飛ばされていただろうし、浅ければ回転を制御できずこれまたあらぬ方向へ飛んでいったただろう。上手《うま》くいったのは多分に運が良かっただけなのだ。

もっとも、それ以外の要素は実力と言って差し支えない。

一つは他ならぬ美奈兎自身の平衡感覚。どれだけ回転していても、美奈兎にはその視線をぶらさず一瞬で校章を奪うだけの能力があった。

もう一つは、他ならぬ柚陽の正確無比な射撃能力だ。どこにどのタイミングで攻撃がくるかわかっていなければ、それに合わせて身体《からだ》を捻ることなどできようはずもない。

つまり、美奈兎は柚陽の力を信じたのだ。

それを説明すると、柚陽は驚いたように目を見開いたが、すぐに照れくさそうな笑顔になった。

「えっと、それで……蓮城寺《れんじょうじ》さん、あたしのチームに入ってくれるんだよ、ね？」

恐る恐る美奈兎がそう聞くと、柚陽は大きくうなずいた。

「はい。約束ですし、なにより私も若宮《わかみや》さんと一緒に闘ってみたくなりました」

「良かったぁ……って、ちょ、ちょっと蓮城寺さん!?」

ほっとしたのもつかの間、柚陽はいきなり地面に座ると、三つ指をついて顔を上げたまま頭を下げる。

「――天霧辰明流《あまぎりしんめいりゅう》、蓮城寺柚陽。不束者《ふつつかもの》ですが、よろしくお願い致します」

第三章　笑顔

「へぇ……それじゃ蓮城寺《れんじょうじ》さん、本当に美奈兎《みなと》のチームに入るんだ？」

いつもと同じ食堂のテラス席で、チェルシーが眼鏡の奥の瞳を大きく見開いた。

「はい。ご縁がありまして、若宮《わかみや》さんとご一緒することになりました」

「あはは、だから美奈兎でいいってば。あたしも柚陽《ゆずひ》って呼びたいし」

隣に座る柚陽に、笑顔でそう言う美奈兎。

「あ、じゃあ私もチェルシーでいいよ。クラスメイトだしね」

「そうですか……では美奈兎さん、チェルシーさん、改めてよろしくお願い致しますね」

言って、柚陽は深々と頭を下げた。

お互いクラスメイトとは言え、まだそれほど親しいわけではない。これから一緒に闘っていく仲間なのだから、まずは親睦《しんぼく》を深める必要があるだろう。

そう思って昼食に誘ったのだが、蓮城寺柚陽という人間は想像以上にしっかりした人物だった。

――まず最初に驚いたのが、柚陽の前に置かれた蒔絵《まきえ》の重箱だ。

「ところで……そのお弁当、柚陽が自分で作ったの？」

「はい、そうですけど？」

おずおずと訊《たず》ねた美奈兎に、柚陽はあっさりとうなずいた。

クインヴェールの学生寮には一応自炊用の共用キッチンがあるが、これを利用している学生はほとんどいない。寮の食堂はメニューも多く安価でそれなりに美味《おい》しいし、昼食にしても学園の食堂やカフェはかなり幅広い選択肢を用意してくれている。富裕層の子女が利用するような高級レストランから、美奈兎御用達《ごようたし》のリーズナブルな売店まで選《よ》り取《ど》り見《み》取《ど》りだ。わざわざ自炊をするようなメリットはほとんどないと言っていいだろう。

しかも。

「……ものすごく手がかかってそうなお弁当だね」

「……こりゃすごい」

美奈兎とチェルシーは重箱を覗《のぞ》き込んで思わず唸った。

鰆《さわら》の幽庵《ゆうあん》焼《や》きから黒豆の煮付け、青菜の浸しや漬物など、どれもしっかり手間隙《てまひま》かけた逸品ばかりだ。

ちなみにチェルシーはお馴染《なじ》みのランチプレートで、美奈兎は言うまでもなく今日も今日とて焼きそばパンである。威厳《いげん》すら感じさせるような柚陽の弁当とは、比べるべくもない。

「良かったらお一ついかがですか？」

と、柚陽《ゆずひ》が穏やかな笑みでそう勧めてきた。

「え……いいの？」

「はい、遠慮なくどうぞ」

なんのてらいもないその言葉にチェルシーと美奈兎《みなと》は顔を見合わせ——お言葉に甘えて、手を伸ばす。

「——っ！」

「お、美味《おい》しい……！」

見た目から想像はしていたが、それを遥《はる》かに超える味だった。

「いやあ、美奈兎はいいお嫁さん捕まえたねえ……」

しみじみとつぶやくチェルシー。

「ふふっ、これも修行の一環ですから」

「修行って、花嫁修業じゃないよね……？」

「はい？」

柚陽の弓の実力はすでに十分すぎるほど身を以《も》って知っているが、それでもついそんな言葉が漏れてしまった。

「あ、そうだ。ところで柚陽の流派、なんて言ったっけ？　昨日聞いたとき、なんかどっかで聞いたことがあるような気がしたんだけど……」

「天霧辰明流《あまぎりしんめいりゅう》ですか？」

「ぶふっ！」

するとそれを聞いたチェルシーが突然むせる。

「ああ、そうそう……って、どうしたの、チエちゃん？　もしかして知ってたりする？」

「と、当然でしょ！　天霧辰明流って言えば、ほら、今年の《鳳凰星武祭《フェニクス》》優勝者の！」

「今年の《鳳凰星武祭》……？」

タッグ戦である《鳳凰星武祭》は、つい先日幕を下ろしたばかりだ。

その優勝タッグは星導館《せいどうかん》学園のルーキーで、確か一人は小国のお姫様だということでも話題になった《魔女《ストレガ》》。

もう一人は──

「あああああ！　そうか！」

そこで美奈兎はようやく思い出した。

「天霧辰明流って、あの《叢雲《むらくも》》の！」

優勝タッグの一人、星導館学園序列一位《叢雲》こと天霧綾斗《あやと》。

《黒炉の魔剣《セル＝ベレスタ》》と呼ばれる純星煌式武装《オーガルクス》を振るい、《鳳凰星武祭》を制した少年の流派こそが天霧辰明流だった。

「え？　え？　でも、ニュースとかでやってたけど、天霧辰明流ってすごく小さな道場で、そんなに門下生も多くないとか……」

「そうですね。私が学んでいたのは分家筋の道場ですが、私と他数人といったところですか」

「じゃ、じゃあ、もしかして、あの《叢雲《むらくも》》にも会ったことがあったり?」

「はい。と言っても、先ほど申し上げましたように私の道場は分家筋ですので、まだ幼い頃に二、三度面識がある程度ですが」

苦笑を浮かべて柚陽《ゆずひ》がうなずく。

「ふえー……それでもすごいなあ」

今や天霧綾斗《あまぎりあやと》は時の人だ。ルーキーが《星武祭《フェスタ》》を制覇すること自体はそれなりに例があるが、転入してすぐに序列一位の座に着いた上でとなると限られる。それは運だけではなく、確かな実力の証左《しょうさ》だ。

実際に美奈兎《みなと》も天霧綾斗の試合をテレビで見たが、とてつもない力の持ち主だった。特に《鳳凰星武祭《フェニクス》》決勝戦、アルルカント・アカデミーの自律型擬形体との死闘は、今《鳳凰星武祭》のベストバウトの呼び声も高い。

「なるほどね……そりゃあ柚陽が強いわけだ」

無論、流派が同じというだけではなんの保証にもならないはずなのだが、天霧綾斗が見せたパフォーマンスはそう思わせるほどに鮮烈なものだったのは確かだった。

「いえ、私などはまだまだです。それに所詮私は弓だけしか使えませんから」

柚陽がゆっくりと首を横に振る。

「それより私としては美奈兎さんの体術に目を見張るものがありました」

「えへへ……そ、そっかな」

照れたように頭を掻く美奈兎。

「あれはどちらの流派なのですか？」

「あー……あたしのは玄空流《げんくうりゅう》って言って、師匠はお母さんの友達なんだ。だから柚陽のとこみたいにしっかりした感じじゃないよ」

「お母様の？」

「うん。詳しくは知らないけど、昔クインヴェールの学生だった頃からの友達みたい」

「へぇ、それは私も初耳」

チェルシーが意外そうに言う。

「弟子があたししかいないからほとんどマンツーマンだったのが良かったかな。ただ、ずっと教わってたわけじゃないけどね」

「なにかご事情が？」

「うん。師匠、放浪癖があるみたいでさ。ある日ふらりといなくなっちゃったんだ」

美奈兎は焼きそばパンをもりもりと頬張《ほおば》りながら答えた。

「だからそれからはずっと自主訓練」

「それはまた……すごい方ですね」

柚陽《ゆずひ》が言葉を選んだのが美奈兎《みなと》にもわかる。

まあ、仕方がない。人間としても師としても良い人だったのは違いないのだが、それ以上に自由な人だった。

「ホント美奈兎は修行馬鹿だからねー。放課後なんていっつもだし」

「それでもクロエに会うまでは全然勝てなかったけどね」

チェルシーの言葉に美奈兎は苦笑し、はっと思い出して手を叩いた。残りの焼きそばパンを飲み込み、身を乗り出す。

「あ、そだそだ。ところでさ、あたしの二つ名ってどんなのがいいと思う?」

「二つ名……ですか?」

「ああ、そっか。美奈兎、一応在名祭祀書《ネームド・カルツ》に入ったんだもんね」

美奈兎は先日の決闘で《崩弾の魔女《オーヴァアリーゼル》》ヴァイオレット・ワインバーグを倒し、見事序列三十五位となった。序列に――つまり在名祭祀書に名前が載った学生は、二つ名を名乗る権利が与えられる。というより、それはもはやほとんど義務のようなものだ。

「自分で考えるのが大変なら学園側が勝手に付けてくれるみたいだけど、せっかくだから自分でかっこいいのを考えたいと思ってさ!」

美奈兎はぐぐっと拳を握り締めて力説したが、チェルシーも柚陽も困ったような顔で視線を交わしている。

「ええっと……それは学園に任せたほうがいいのではないかと」

「だよねえ。自分で自分の二つ名考えるとか、罰ゲームじゃあるまいし」

「ええー！　なんでなんでー」

美奈兎は二人の反応が芳《かんば》しくなかったのが不満で口を尖《とが》らせるが、そんな美奈兎の頭にぽすっと紙パックの牛乳が置かれた。

「──二人が正しいわね。あまり大仰な二つ名を付けると恥をかくのはあなたよ、美奈兎」

「あっ、クロエ！」

首を逸《そ》らして視線を向けると、背後には相変わらず澄ました顔のクロエが立っていた。

「それよりも次のメンバー探しよ。蓮城寺《れんじようじ》柚陽もいるようだし、ちょうどいいわね」

「柚陽で結構ですよ、クロエさん」

「──わかったわ」

クロエは一瞬間を置いてからそう答えると、複数の空間ウィンドウを同時に開いた。

「柚陽が加わったから後衛はこれで問題なし。前衛が美奈兎一人だと厳しいので、できれば次はそこを補いたいところね」

「おおー」

美奈兎《みなと》は早速目をキラキラさせて、空間ウィンドウを見比べ始める。

「……」

一方で、柚陽《ゆずひ》は軽く驚いたように目を見開いた。

「これは……全てクロエさんがお調べになったのですか？」

「そうだけど？」

「とても見事なデータですね。各々の身体情報や使用武器、戦術の傾向まで……」

するとクロエの目がすうっと細まる。

「別に大したことじゃないわ。ネットからでも十分拾ってこれる範囲だもの」

「確かに主要な学生ならそうでしょうけれど……」

柚陽がそこまで言いかけたところで。

「よし、決めた！」

唐突に美奈兎がそう言って立ち上がった。

「この人にする！　ね、クロエ、柚陽、いいでしょう？」

「あ、はい。私はもちろん構いません」

「……それなら早速、今日の放課後あたってみましょう。集合はここでいいわね？」

「うん！」

「じゃあ、また放課後に」

クロエは元気に返事をする美奈兎の顔を一瞥《いちべつ》すると、軽く手を振って去って行った。

＊

——そして、一週間後。

「うぐぅ……また断られたぁ」

いつもの四人が集まった昼食の席で、美奈兎は力なくテーブルに突っ伏した。

「これで五連敗ですか……」

さすがの柚陽もその表情に疲れが見える。

「厳しいだろうとは予想はしていたけれど、想定よりも難儀しているのは否めないわね」

クロエはそう言いながら、残り三人となったチームメンバー候補を見比べていた。

「大変そうだねえ」

と、一人我関せずといった気楽な顔で食後のコーヒーを嗜《たしな》んでいたチェルシーが、ふと気がついたように口を開く。

「あれ？　でも残り三人ってことは、もう失敗したら後がないってこと？」

「そうなるわね」

きっぱりと答えるクロエに、柚陽が小さく首を傾《かし》げた。

「え？　残りは二人ではないのですか？」

「え？」

その言葉に、テーブルが一瞬推し量るような沈黙に包まれる。

「だって、今のところチームメンバーは美奈兎《みなと》さんに私にクロエさんでしょう？」

「ちょっと待って。私はチームメンバーじゃないわ」

一本ずつ指を折って数える柚陽《ゆずひ》に、珍しくクロエが少し焦った様子で訂正する。

「あら、ですが……」

「言ってなかったかしら……私はあくまでメンバー集めに協力しているだけよ」

柚陽が確認するような視線を向けてきたので、美奈兎は不承不承うなずいた。

「うん、そうなんだ。あたしとしてはぜひクロエもって言ってるんだけど、どうしても嫌だって……」

「だからその代わりにメンバー集めを手伝っているのでしょう？」

「ふむ……」

それを聞いた柚陽は考え込み、しばらくしてから顔を上げた。

「私もできればクロエさんにはチームメンバーに入ってほしいのですけれど」

「えっ！」

思わぬ味方の出現に、美奈兎の顔に喜びが広がる。

「……どういうことかしら？」

「いえ、聞けば先日美奈兎さんが《崩弾の魔女》《オーヴァアリーゼル》を下した際も、クロエさんの助言があったとか。私との一戦でも同様でした」

柚陽は真っ直ぐにクロエを見ながら言った。

「こと、私や美奈兎さんのような長所と短所がはっきりとした者を集めて闘い抜こうというのなら、巧みな戦術と戦略が不可欠です。でなければあっさり各個撃破されてしまうでしょう」

「先日と違って随分とやる気になったものね」

「ええ。やるからには勝ちを狙いにいきませんと」

言って柚陽はころころと笑う。

「……別にチームメンバーでなくとも、闘い方のアドバイスはできるわ」

「戦略としてはそうかもしれません。しかし戦術は試合中の状況に即して臨機応変に対応するべきものです。それはチームメンバーでなければ叶《かな》わないでしょう。——無論、クロエさんが全く闘えないというのであれば仕方ありませんが、少なくともそれなりの鍛錬を積んでいたことくらいは見ればわかります」

柚陽とクロエの視線が真っ向からぶつかり合う。

「あ、あの、ちょっと待った！」

そこに割って入ったのは他ならぬ美奈兎《みなと》だった。

「それはあたしだってクロエに入ってほしいけど、無理矢理頼むつもりはないよ。ちゃんと納得の上でなきゃ意味がないっていうか……仲間ってそういうものでしょ？」

「……そうですね。失礼しました」

その言葉に柚陽《ゆずひ》はふっと息を吐き、頭を下げて謝罪する。

おしとやかな外見に似合わず、押すところではかなり強く押すタイプらしい。

「ただ、もちろんあたしも諦めたわけじゃないからね！　そのうちにクロエの気が変わるかもしれないし」

「そんなことはあり得ないと思うけど……」

クロエはわずかに眉を寄せ、やれやれとばかりに溜《た》め息《いき》を吐いた。

「でも、クロエだってなにか夢を叶《かな》えるためにこのアスタリスクにきたんでしょ？　だったら……」

「──っ」

その瞬間、クロエの瞳に今まで見たことがないような暗く冷たい光がよぎる。それは本当に一瞬にすぎなかったものの、美奈兎は確かにそれを感じ取った。

「クロエ……？」

「──ないわ」

「え？」

「私には夢なんて……ない」

クロエの口調はいつもと変わらぬ淡々としたものだ。しかし、その言葉には有無を言わさぬ圧力がある。その表情もいつも通りの平然としたものだったが、なぜだか美奈兎にはそんなクロエがどこか寂しそうに見えた。

（そういえば……クロエがちゃんと笑ったところって、見たことないかも……）

苦笑や呆《あき》れたような笑みを浮かべたところなら、ないでもない。

だが、心からの笑顔となると記憶になかった。

もちろんクロエとはまだ付き合いが浅いし、クロエがあまり他人を寄せ付けるようなタイプではないことくらい、美奈兎にだってわかっている。

けれど。

「——あっ、ところでさ！　みんないつの間にかこの学食に集合してるけど、どうせみんなで集まるならもっと別の場所にしようよ！」

美奈兎は努めて明るい声を出すと、ぽんと手を叩いてそう提案した。

「別の場所……ですか？」

「うん！　ほら、チエちゃんの新しいバイト先って、確かカフェだったよね？」

首を傾《かし》げる柚陽に美奈兎がそう言うと、チェルシーは待ってましたとばかりに身を乗り出した。

「おお、ナイス美奈兎《みなと》！　そうそう、私のバイト先はちょっと学園からは離れてるんだけど、味は保証するし値段も良心的。あ、今ならサービスチケットも付けちゃうよん」

「なるほど……そういうことなら一度伺ってみたいですね」

「うんうん！　それで……クロエはどうかな？　せっかくだし、今度のお休みにでも」

美奈兎はそう言って、猫のような目でじいっとクロエを見つめる。

「……」

しばらくの無言。

「……そうね。確かにこれから先本気でチーム戦を見据えるなら内密の話も出てくるだろうし、いつまでもここで作戦会議というわけにもいかないわ。覗《のぞ》いてみるのも悪くないかもしれないわね」

やがてクロエは小さな溜《た》め息《いき》と共にそう言った。

「やった！」

「それじゃ決まりね。今週末、三名様でご予約承りました。お待ちしておりまーす」

無邪気な笑みを浮かべて拳を握り締める美奈兎とは対照的に、チェルシーはいかにも営業用のスマイルでぺこりと頭を下げた。

＊

明かりを落としたクロエの自室。

クロエはいつものように定時連絡用の真っ黒な空間ウィンドウに向かっていた。

「──報告は以上です」

機械のように冷たい瞳でクロエが報告を終えると、空間ウィンドウの向こう側で微《かす》かに笑う気配がした。

「……なにか？」

『いえ、この前あなたが私事がどうのと言っていたでしょう？　私のほうでも少し調べさせてみました。中々面白そうなことをしているようですね。……若宮《わかみや》美奈兎、と言ったかしら？』

その言葉にクロエは一瞬、びくりと身体《からだ》を竦《すく》ませる。

「問題があるようでしたらすぐにでも中止しますが？」

が、すぐに平静を装いながらそう答えた。

『まさか。鳥かごの中での遊びを禁じるほど、私は狭量ではありませんよ』

くつくつと忍び笑いの声が響く。

「……感謝致します」

『せいぜい楽しみなさい。この学園の学生は誰でも等しく青春を謳歌《おうか》する権利を持ちます。当然、あなたにも』

空間ウィンドウが消えると、クロエは簡素なベッドに倒れ込んだ。

「――鳥かごの中での遊び、か」

自分でも気がつかないうちに、そうつぶやく。

相変わらずいけすかない女だが、中々に上手《うま》いことを言う。確かにその通りだ。

もっとも鳥かごの中での生活しか知らないクロエにとっては、外の世界との違いなどはわからないし、わかりたくもない。

と、クロエはそこで初めて窓から差し込む月明かりに気がついた。

視線を上げれば、夜空には半分に欠けた月が浮かんでいる。

「……」

あそこに行ってみたいと無邪気に語った少女の顔が脳裏を掠《かす》めた。

途方もない夢物語だが、まさしくそれは追いかけるべき夢なのだろう。

だが、クロエはなにも望まない。なにを望めばいいのかわからないからだ。そもそも夢というものがなんなのかさえ、クロエはわからなかった。

おそらくそれは自分とはまるで無縁のものなのだろう。

「はぁ……」

クロエは大きく息を吐き出すと、そのまま目を閉じる。

ささくれだった心を落ち着かせるように。

こんなことはここに来てから――いや、その前の日々でも一度もなかった。なにしろクロエはチームの中でも最も冷静で落ち着いていると、あの人から褒《ほ》められたことさえあったのだから。

それなのにあの少女と出会ってからというもの、どうにも調子がおかしい。

まるで自分が少しずつ自分ではないものに変わっていくようだ。

それがとても恐ろしいはずなのに、なぜか――そう、なぜだか引き寄せられてしまう。

「……くだらない」

しかしクロエはつまらない感傷を振り払うかのようにそうつぶやくと、まぶたを通しても感じられる月光の輝きから逃れるようにごろりと寝返りをうった。

＊

チェルシーがアルバイトをしているというカフェは、アスタリスク市街地の大通りから一本脇に入った路地にあった。

黒塗りの落ち着いた外観で、注意しないと気がつかずに通り過ぎてしまいそうな――それでいて一度それと認識すると人を惹き付ける不思議な雰囲気を持った店だ。

現地集合とのことだったが、美奈兎《みなと》が約束の時間五分前に着いた時には柚陽《ゆずひ》が店の前ですでに待っていた。

「うわ、早いね柚陽」

「いえ、私も今来たところですから」

休日ということでお互い私服だったが、アスタリスクの学生は制服を着用しない場合でも必ず校章を身につけておかなければならない。清楚《せいそ》なワンピース姿の柚陽は普段よりも一層大人びて見えたが、その胸に付けられたクインヴェール女学園の校章が妙に浮いて見えた。

もっともそれはジーンズにパーカーというラフな格好の美奈兎も同様だ。基本的に制服に合わせて作られた校章は、絶望的なまでにあらゆる私服とミスマッチだった。

と、そうこうするうちに三人目のクロエがやってきた。

「おお、クロエってば時間ぴったり……って、あれ?」

が、その姿に首を傾《かし》げる美奈兎。

「クロエ、なんで制服なの?」

「別に。これが一番着慣れているからよ」

「ええー、せっかくのお出かけなんだから、もっとおしゃれしようよー」

「……その格好のあなたに言われたくないわね」

「あたしはいいの！　でもクロエはせっかく美人さんなんだからもったいないよ」

美奈兎はぶんぶんと腕を振って抗議する。

「ふふっ、それじゃ入りましょうか」

「そうね」

しかしクロエと柚陽はそれをさくっとスルーして店へと入っていった。

「あ、ちょ、ちょっと待ってー！」

一人置いていかれそうになった美奈兎も、慌てて後を追いかける。

「いらっしゃいませ……って、おお、きたねきたね」

店に入るとすぐにシックな制服を着こなしたチェルシーが一行を出迎えてくれた。

「おおおー、すごい！　チエちゃん可愛《かわい》い！」

いわゆるメイド服に近いが、全体的に落ち着いた風情ですっきりした印象だ。

「ふっふーん、そりゃあこれでも一応アイドルやってるからねー。着る物を着ればこの通りですよ」

「あら、チェルシーさんは芸能活動をされてたのですか？」

もっともそれ自体はクインヴェールの学生なら珍しくない。なにしろ序列入りした直後には美奈兎にだってわんさと勧誘が来たくらいだ（もっとも美奈兎はその手の活動が不向きであることを痛いほど自覚しているので全て断った)。

「まあ、たまーにね。あんまり人気がないからさ」

苦笑を浮かべながらチェルシーが案内してくれたのは、店の一番奥にある四人がけのテーブル席だった。

「さて、ご注文はなんになさいますか?」

「おお、どれも美味《おい》しそう!」

空間ウィンドウのメニュー表には様々なスイーツが次々と表示されていく。どうやら軽食の類もあるようだが、やはりここは女の子らしく攻めるべきだろう。

「それじゃあたしはこの特製フルーツパフェで!」

「おやおやお客さん、お目が高い。それは当店でも人気の高い一品ですぞ」

チェルシーの言葉に目をキラキラさせた美奈兎《みなと》が他の二人を見回す。

「だってだって。二人はどうする?」

「それでは私も同じものを。大変美味しそうですし」

「……私は飲み物だけでいいわ」

そんなクロエに美奈兎は困ったように眉を寄せた。

「ひょっとしてクロエ、甘いものが苦手だったりする?」

「いいえ、別に。特に嫌いな食べ物はないけれど」

「じゃあ、好きな食べ物は？」

「それもないわね」

クロエの答えはあくまで簡潔で素っ気無い。

「うーん……」

美奈兎は腕組みをして考え込んだが、すぐに顔を上げるとチェルシーに三本指を突きつけた。

「よし、だったらこの特製フルーツパフェを三つで！」

「ＯＫ。それじゃゆっくりしてってね」

チェルシーが軽く手を振って去って行くと、クロエが小さく肩を竦《すく》める。

「本当に私はよかったのに」

「えへへ、ごめんね。でもせっかくだし、ひょっとしたらすっごく美味しくてクロエも気に入っちゃうかもしれないでしょ？」

美奈兎はそう言って、どんと自分の胸を叩いた。

「それに、もしクロエの口に合わなかったらあたしがクロエの分も食べるから大丈夫！」

「あらあら、美奈兎さんは健啖《けんたん》ですね」

「そういうことなら構わないけれど……」

外見からイメージしたよりも店内はずっと明るく、小さな音量でクラシックの音色が流れている。席数はそれほど多くないようで、テーブル席とカウンター席を合わせても二十席程度だろうか。休日ということもあってその半分以上が埋まっていた。

「観光客よりも学生のほうが多い感じだね」

アスタリスクは一大観光都市でもあるため、休日などは中央区の商業エリアあたりは人で溢《あふ》れかえったりもするのだが、学園近くまで来るとイベントでもない限り観光客は少なくなる。学園祭くらいでしか、観光客は学園内に立ち入ることはできないからだ。

「《鳳凰星武祭《フェニクス》》が終わって、しばらくは休閑期だもの。まあ、公式序列戦目当てのファンはいつだっているけれど」

するとクロエが淡々と言った。

各学園の公式序列戦は《冒頭の十二人《ページ・ワン》》などの注目カードとなると市街地のステージが宛《あて》がわれるが、それ以外は学園内の施設を使って行われる。今の時期は界龍《ジェロン》とアルルカントがその最中のはずだ。

「はーい、お待たせー」

と、そこでチェルシーがクリームとフルーツが華麗に盛り付けられたパフェをトレイに載せてやってきた。

――が。

「おおー……って、ちょっと待ってチエちゃん」

「なに、美奈兎《みなと》？」

「その……明らかに一つだけサイズがおかしいんだけど……」

そう。チェルシーが運んできたパフェは三つ。その内二つはメニュー通りの美味《おい》しそうなパフェに間違いなかったが、残る一つは金魚鉢に盛り付けたような特大のパフェだった。

「あ、これ美奈兎の分ね」

その大きさに美奈兎が絶句する。

「サービスチケットのご利用によりサイズアップさせていただきました」

「……そんなの使ったっけ？」

「うん。私が勝手に使っておいた」

悪びれもせず、にかっと笑うチェルシー。

「あ、お二人さんもご希望とあらば、今からでもサイズ変更を承るけど？」

「……いえ、私はこれで十分です」

「……同じく」

柚陽《ゆずひ》とクロエが若干引き気味に拒絶の意思を示す。

「そっか。ざーんねん」

チェルシーは悪戯《いたずら》っぽくそう言いながらテーブルにパフェを置き、去って行った。

「うぐ……」

美奈兎《みなと》はしばらく間近で見るパフェの圧倒的な迫力に気圧《けお》されていたが。

「よ、よし！　とにかく食べよう！」

意を決してスプーンを口に運ぶと、すぐに美奈兎の瞳が煌《きらめ》いた。

「お、美味《おい》しい……！」

生クリームの程よい甘さとフルーツの爽やかな酸味がたまらない。

「では私も──あら、これは」

それを見た柚陽《ゆずひ》も一口食べ、驚いたように口元を押さえた。

「ほら、クロエも食べて食べて」

「……ええ」

美奈兎が勧めると、クロエはほんの少しだけ生クリームを崩して口に運ぶ。

「……」

「どう？　美味しい？」

「……そうね。美味しいと思うわ」

クロエの感想はやはり短くあっさりとしたものだった。

美奈兎はじっとその顔を見つめていたが、その表情にも変わりはない。

「うーん……」

「……なに？」

それに気がついたクロエが訝《いぶか》しげに目を細める。

「あ、いや、クロエってあんまり笑わないなーって思ってさ」

「そんなことはないと思うけど」

「そんなことあるよ！　だってあたし、まだクロエがちゃんと笑ったところ見たことないもん！」

「あら、そういえば……」

と、柚陽も同意するようにクロエを見た。

「でね、なにか美味しいものでも食べたら笑顔になるかなーって思ったんだけど……」

「……子どもじゃあるまいし」

しゅんとする美奈兎に、呆《あき》れたようにクロエが言う。

「ふふっ、でも着眼点は悪くないと思いますよ」

「第一、私が笑ったところなんて見てもしょうがないでしょ」

クロエがそう言うと、美奈兎は俯《うつむ》いて上目遣いにクロエを見た。

「だって……ひょっとしたら、クロエはあたしたちといても楽しくないのかなーって不安になっちゃったんだもん」

「楽しい……？」

その言葉に、クロエは意外そうな顔で問い返す。

「それじゃあなたは……私と一緒にいて楽しいの、美奈兎《みなと》？」

するると美奈兎はきょとんとした顔でまじまじとクロエを見返した後、がたっと椅子を鳴らして立ち上がった。

「あったりまえだよ！」

そう言い放った美奈兎は、しかしすぐに店内の注目を集めてしまったことに気がつき、顔を赤らめながらまた座りなおす。クロエはそれを待ってから、不思議そうに言った。

「わからないわね。確かに私はあなたに協力してあげているけれど、あなたは夢を叶《かな》えるために必要なことをしているだけであって、むしろ大変なことのほうが多いはずでしょう？」

「それはもちろん仲間集めが上手《うま》くいかないのは大変だし、これから先のことだってどうなるかわからないけど……そういうことじゃなくて、ええっと……」

美奈兎はそこまで言うと腕組みをして考え込んだ。

「うーんと、その、つまり……」

気持ちはこんなにもはっきりしているのに、それを上手く伝える言葉が出てこない。

もどかしさが溢《あふ》れそうになった美奈兎は、やがてぐっと机に身を乗り出して真っ直ぐにクロエの目を見つめた。

「だから！　あたしはクロエのことが好きなの！　好きな人と一緒なら、なんだって楽しいでしょ！」

「……」

その勢いに、目をぱちくりさせるクロエ。

「あ、いや、好きって言っても、もちろん友達としてって意味で……！」

慌てて言い繕う美奈兎に、クロエは静かに言った。

「……そう。私にはよくわからないけれど、そういうものなのね」

「あー……うん。納得してくれたならいいや」

美奈兎はふにゃりと脱力。

「ふふっ、素敵ですね。私もお二人のことを好きになれそうです」

それを横から見ていた柚陽《ゆずひ》が、ころころと笑った。

「それで……クロエはどうなの？　やっぱり楽しくない？」

恐る恐るといった様子で、美奈兎が訊《たず》ねる。

「……」

するとクロエは目を伏せ——しばらく考え込んでから顔を上げた。

「そうね。正直、今までそんなことを考えたことはなかったけど……楽しくない、という
ことはない、と……思うわ」

「……微妙に回りくどいなあ」

言って、美奈兎《みなと》が苦笑する。

「まあいっか。少なくともクロエが嫌々手伝ってくれてるんじゃないってわかったし。よし、それじゃ改めていただきまーす」

美奈兎はスプーンを指に挟んで両手を合わせると、目の前の巨大なパフェをもりもりと切り崩し始めた。

柚陽《ゆずひ》とクロエはしばらく呆《あき》れ顔でそれを眺めていたが、やがて自分たちもパフェを片付け始める。

と。

「……ところで美奈兎。あなた、私の分も食べてくれるって言ってたわね？」

「うぐっ⁉」

不意打ちのようなクロエの言葉に思わず美奈兎の身体《からだ》が固まった。

「い、いや、それは確かに言いましたけど……」

かなり頑張って食べているはずなのだが、目の前の金魚鉢にはまだ半分以上生クリームとコーンフレークが残っている。

「ぐぬぬ……いや、でも若宮《わかみや》美奈兎に二言はなし！　どんとこい、クロエ！」

美奈兎は半ばやけになってそう胸を張ったが。

「……安心して。冗談よ」

クロエはスプーンを動かしながら、美奈兎のほうを見ることもなくけろりとそう言った。

「……え？」

一瞬なにを言われたのかわからずぽかんとしてしまったが、すぐにからかわれたのだと気がつく。

「なんだぁ、びっくりしたぁ。……いや、てゆーかクロエってそんな冗談言ったりするんだね。そっちのほうがびっくりかも！」

「私だって冗談くらい……」

言って、ようやく美奈兎のほうへ視線を向けたクロエの目が小さく見開かれた。

「美奈兎……あなた、それ」

「え？　なに？」

「あら……ふふふっ。美奈兎さん、鼻の頭にクリームがついてますよ」

きょとんとしたままの美奈兎に、柚陽が手鏡を差し出してくれる。

それを覗《のぞ》き込むと、確かに鼻の頭に綿雪のような生クリームがデコレーションされていた。

「うわわわ！　いつの間に！」

慌てて拭おうとした美奈兎は、しかしクロエが掌《てのひら》で自分の顔を押さえるようにしているのに気がついた。心なしか身体を斜めにして、顔を背けているようにも見える。

そこで美奈兎《みなと》はようやくピンときた。

「もしかして……クロエ、笑ってる？」

「……べ、別に」

答える声も、やけにか細い。

「ねえねえ、クロエ！　こっち向いてよー！」

目を煌《きらめ》かせる美奈兎。

「あらあら……」

楽しそうに微笑《ほほえ》む柚陽《ゆずひ》。

「い、いいからあなたは早くそれを拭きなさい……！」

顔を背けたまま、視線だけで美奈兎を睨《にら》むクロエ。

「あー、お客様。店内ではあまり騒がないでいただけますか？」

そんな一行が腰に手を当てたチェルシーに怒られるまで、そう時間はかからなかった。

第四章　ソフィア・フェアクロフ

「さて……それじゃ本題よ」

美奈兎《みなと》が巨大なパフェをなんとか胃に収めたところで、クロエが真剣な眼差《まなざ》しでそう切り出した。

それを受けて、美奈兎と柚陽《ゆずひ》の顔も引き締まる。

「次のメンバーの件ですね」

「なにしろ柚陽以来、五人連続で断られたわけだもんね……」

クロエはうなずくと、携帯端末を取り出して空間ウィンドウを開いた。

「《獅鷲星武祭《グリプス》》の開催は来年の秋。まだ一年あるとはいえ、チームの連係を一から作り上げるとなると、時間はいくらあっても足りないわ」

と、その空間ウィンドウにトーナメント表が表示される。

「これは前回の《獅鷲星武祭》本戦のトーナメント表だけれど、ここまで勝ち残ったチームの七割が、前々回の《獅鷲星武祭》から引き続いて出場しているチームなのよ」

「つまり、チーム戦ではメンバーの連係錬度が大きく勝敗に関わる、ということですね？」

柚陽の言葉に、クロエはゆっくりうなずいた。

「そのためには、まず一刻も早くメンバーを五人集めること。それが《獅鷲星武祭》での勝率を上げることになり、ひいてはあなたの夢に近付くことになるわ」

「あたしの夢……」

美奈兎はそうつぶやくと、ぐっと拳を握り締めて顔を上げた。

「うん、わかった！　だったら次の勧誘は絶対に成功させないとね！」

「そうですね。これでもう残りのメンバー候補は三人ですし……がんばりましょう」

柚陽もそう言って、にっこりと微笑《ほほえ》む。

「まあ、そこはさして気にしなくてもいいわ。多少質を落とせば、候補者はまだピックアップできる。むしろ勧誘に失敗している原因のほうをどうにかするべきね」

クロエは難しい顔で空間ウィンドウを一度脇にどけた。

「失敗の原因……？」

素直に首を傾《かし》げる美奈兎。

「端的に言うならばメリットの裏付けが弱い、ということよ」

「……う？」

やはりよくわからず、美奈兎の首がますます傾く。

「以前も言った通り、私がピックアップした候補者は皆なにかしらの欠点を持つ人間ばかり。チームを組むことでそれを補ってあげることがこちらの提示するメリットなわけだけど、本当にそれが可能なのか——つまりは、あなたたちと組んで本当に勝てるのか、という説得力が足りていないのでしょうね」

「なるほど……私の場合は自分の目で美奈兎《みなと》さんの実力を確かめることができましたが、全員にそれを望むのは難しいですからね」

納得したというように柚陽《ゆずひ》がうなずいた。

「わかりやすい実力の証といえば、まず思いつくのは序列なのだけれど……」

「あ！　はいはいはーい！　それならあたし、今序列三十五位だよ！」

クロエの言葉に美奈兎が勢いよく手を挙げるが、クロエはゆっくり首を横に振る。

「残念ながら、あなたの序列にはまだそれに相応《ふさわ》しい価値がないの」

「えええええー!?　ど、どういうこと？」

「あなたの場合、それ以前の負債が大きすぎるからよ」

「負債……？」

するとと困ったような苦笑いを浮かべた柚陽が、控えめに口を挟んできた。

「つまり……その、美奈兎さんはどうしても五十連敗のイメージのほうが大きいですから」

「……四十九連敗だもん」

ぷくっと頬《ほお》を膨らませる美奈兎。

「でも、言いたいことはわかった。まだみんな、あたしがヴァイオレットに勝てたのはまぐれだと思ってるんだ？」

「簡単に言えばそういうことね」

　確かにそれはわかる。

　今まで四十九連敗していた人間が、ある日いきなりリスト入りの猛者に勝つなど本来はありえない話だ。

「でも、それだったら来月の公式序列戦で勝てば、まぐれじゃなかったって証明できるよね？」

　するとクロエは可哀相《かわいそう》な子を見るような目で美奈兎を見た。

「……まさかあなた、次の公式序列戦で勝てると思ってるの？」

「え……？」

　公式序列戦は月に一度開催され、その結果によって在名祭祀書《ネームド・カルツ》に載る学生が決定される。基本的には指名制であり、自分より序列が下位の学生から指名された場合は拒否することができない。なお、指名者が複数人いた場合は抽選となる。

「今のあなたの実力からすれば、序列三十五位は不相応もいいところよ。近接戦闘だけならともかく、ね」

「で、でもでも、この前みたいにクロエがアドバイスしてくれれば……」

「相手がわからないのにどうやって対策を考えろというの？」

「……そうでした」

公式序列戦のルールは学園によって異なるが、対戦相手は原則として直前まで明かされないのが普通だ。これは不正防止の意味もあった。

「あなたがどういう闘い方をしてどんな弱点を持っているのか——そしてそれをどういう風にカヴァーしたのか、学園中の生徒が知っているわ。今回あなたに挑んでくるのは、それを踏まえた連中ばかりよ。それに勝つ自信があるの？」

「うう……」

「あなたがヴァイオレット・ワインバーグに勝てたのはまぐれではないけれど、相手があなたを侮っていたという部分は大きい。でも、次からはそうはいかないのよ」

「……よくわかりましたぁ」

半べそで美奈兎《みなと》がうなずくと、クロエは再び携帯端末を操作する。

と、脇によけられていた空間ウィンドウがぱっと切り替わった。

「ともかく、その要因を踏まえた上で——次に勧誘する相手は彼女しかいないわ」

そこに映し出されたのは、金色の髪をした一人の少女。

その顔を見た途端、美奈兎と柚陽《ゆずひ》は思わず息を飲んだ。

「なるほど……確かにこの方が仲間に加わってくださるのなら、クロエさんがおっしゃっている問題は解決しますね」

「それはそうだけど……でも、本当にこの人を誘うの……？」

「あら、あなたが気後れするなんて珍しいわね、美奈兎」

クロエの揶揄《やゆ》するような言い方に、美奈兎が口を尖《とが》らせる。

「そりゃあ、そうだよ。だってあたしでも知ってるもん。この人って——」

＊

クインヴェール女学園の中枢部は、ツインホールと呼ばれている建物だ。学生生活に関する事務手続きや諸所の受付窓口をはじめとした公共機能を集約した中央棟を、教職員らの拠点である東棟と生徒会や委員会の本部が置かれた西棟という二つの高層建築が挟みこんでいるその姿からそう呼称されている。

週があけた月曜日の昼休み。美奈兎たちはその中央棟の最上部へと向かっていた。

ツインホールの外見はどこかクラシカルな雰囲気を備えているが、当然内部は近代的な造りになっている。

「彼女はここの最上階にあるカフェにいるはずよ」

エレベーターに乗りながら、美奈兎の前に立つクロエが振り向かずに言った。

「……そこって確かすっごいお洒落《しゃれ》で高そうなとこだよね？」

そう言う美奈兎《みなと》の腰は完全に引けている。

「そうね。普段は生徒会や委員会の上層部が使う店だもの。他にも序列上位者や、芸能活動をしている学生たちの中でも特に名前が売れているような連中が御用達《ごようたし》にしているみたいよ」

「うう、正直そういうとこって苦手なんだよね……」

「そんなことを気にするより、上手《うま》く勧誘できるかどうかを心配なさいな」

と、美奈兎ががくりと肩を落とした。

「言わないでよぉ。そっちはもっと気が重いんだから」

「ふふっ、無理もありません。なにしろ今回のお相手は元《冒頭の十二人《ページ・ワン》》——序列八位に名を連ねた方ですから」

そう言いながらも柚陽《ゆずひ》は落ち着いた様子だ。

一方のクロエはエレベーターが最上階に着くなり、ずんずん進んでいく。

——《冒頭の十二人》。つまり在名祭祀書《ネームド・カルツ》の冒頭に名前が記されている十二人は、いわばこの学園のトップランカーだ。無論、公式序列戦や序列に興味がない者、あるいは各学園が隠し玉として秘匿しているような実力者など例外はあるが、それでも実力者の代名詞であることは間違いない。

「お客様、お席にご案内いたしますが……」

「いえ、結構。人と会うだけだから」

最上階のフロアは南側の一角がカフェになっており、そこへ足を踏み入れるなりびしっとした制服を着込んだ店員が声をかけてきたが、クロエはあっさりそれを一蹴した。頼もしいことこの上ないものの、美奈兎はすぐに店内の視線を集めていることに気がつく。品定めするような、好奇の目だ。

どこかからか、くすくすと侮蔑するかのような忍び笑いも聞こえてくる。

おそらく美奈兎のことを知っている者がいるのだろう。四十九連敗は伊達《だて》ではない。

「……ふぅ」

美奈兎は拳を握ると、大きく息を吸って顔を上げた。

この手の扱いには慣れている。むしろおかげで覚悟が決まった。

「……居たわ。あの窓際の席」

店内を見回していたクロエが、美奈兎にそう告げる。

そこにはテーブルで一人、優雅にティーカップを傾ける金髪の少女の姿があった。

美奈兎も映像で何度か見たことがある。間違いない。

「行くわよ」

クロエがそう言って、つかつかとテーブルへ向かう。

正直に言って、美奈兎はあまり世事には詳しくない。基本的には訓練ばかりしているので仕方がないといえば仕方がないのだが、それでも《星武祭《フェスタ》》で活躍した学生や同じ学園の有名人くらいはさすがに知っている。

今現在クインヴェール女学園の有名人といえば、その筆頭は疑うべくもなくシルヴィア・リューネハイムだろう。前回の《王竜星武祭《リンドブルス》》準優勝者にして、稀代《きたい》の歌姫。世界最高のトップアイドルであり、クインヴェール女学園生徒会長であり、不動の序列一位。

恐らくその下には、ガールズロックバンド「ルサールカ」の面々が並ぶはずだ。

ここまではアスタリスクや《星武祭》に興味がない人間でも知っている名前だが、その次となると中々難しい。クインヴェール女学園には芸能活動を行っている学生が多くいるので、売れているアイドルやモデルの名前を挙げる者もいるだろう。

だが《星武祭》に関心がある人間ならば、それらよりも先に目の前の女性の名前を出すかもしれない。

「ごきげんよう、フェアクロフ先輩」

「……？」

そう声をかけたクロエに、その女性——ソフィア・フェアクロフが訝《いぶか》しそうに眉を寄せた。

＊

ソフィア・フェアクロフの名前はクインヴェール女学園に入学する以前から、すでにある程度知られていたのだという。

それも当然で、ソフィアはあのアーネスト・フェアクロフ——聖ガラードワース学園生徒会長の実の妹なのだ。アーネストは現在アスタリスクにおいて剣士の最高峰と呼ばれており、遠からず五代目の《剣聖》を襲名するのではないかと目されている。さらには《獅鷲星武祭《グリプス》》を連覇している銀翼騎士団《ライフローデス》のリーダーでもあった。

前評判においてソフィアはそのアーネストと同等——或《ある》いはそれ以上の才覚の持ち主であるという触れ込みで、当然のように各学園のスカウトが熾烈《しれつ》な競争合戦を繰り広げ、結果ソフィアはこのクインヴェール女学園を選んだ。

そうしてこれ以上ないくらいの鳴り物入りで入学したソフィアは、前評判以上の実力を披露し、あっという間に《冒頭の十二人《ページ・ワン》》入りを果たす。その華麗な剣技と美貌は圧倒的な人気を獲得し、一時はあのシルヴィア・リューネハイムのライバル候補にも名が挙がったほどだ。

だが……やがてソフィアにとある致命的な弱点があることが発覚すると、それらは全て崩れ去った。

その弱点とは——

「見たところ一年生のようですけれど……私《わたくし》になにか御用ですの？」

「えっ？　あ、は、はい！」

考えに耽《ふけ》っていた美奈兎《みなと》は、ふいにクロエからわき腹を突かれて背筋を伸ばした。

「あら、貴女《あなた》は確か……」

と、ソフィアがまじまじと美奈兎の顔を見る。

「あ、あの、なにか……？」

「いえ、失敬。貴女は確か若宮《わかみや》……美奈兎さん、でしたわね？」

「あたしのこと、知ってるんですか？」

驚いて問い返すと、ソフィアは小さく笑みを浮かべてうなずいた。

「五十連敗目前から、奇跡的な逆転勝利での序列入り。私も試合は観戦させていただきましたわ。お見事でしたわね」

「えへへ……いやあ、それほどでも」

「生憎《あいにく》とそちらのお二方は存じ上げませんけれど……」

ソフィアは照れながら頭を掻く美奈兎から、視線を横の二人に移す。

「私は一年の蓮城寺《れんじょうじ》柚陽《ゆずひ》と申します。突然押しかけた非礼をお許しください」

「同じく一年のクロエ・フロックハートです」

深々と頭を下げる柚陽と、軽く目礼で済ませるクロエ。

「ふぅん……まあ、立ち話もなんですし、どうぞお座りなさい」

「あ、はい。それじゃ失礼して……」

美奈兎は言われるがまま席に着くと、改めて目の前の女性を観察した。

まずはなによりも目を捉えるのは、なんといってもその美貌だ。柔らかな金色の髪と、整ったその顔立ちは、まるで絵画に描かれた女神のようにさえ思える。美人というだけならクロエも負けてはいないが、クロエがどこか陰のある美貌なのに対して、ソフィアのそれは明るく華やかな美しさだった。

おまけにプロポーションも抜群で、何気ない仕草にも気品が漂っている。

「それで、ご用件は？」

美奈兎が呆気《あっけ》に取られながら見惚《みと》れていると、ソフィアは空いたティーカップに新しく紅茶を注ぎながらそう切り出した。

「あ、あの、実は先輩にお願いがあってきたんです！」

美奈兎は気を取り直すと、テーブルの上にぐっと身を乗り出す。

ソフィアはそんな美奈兎の意気込みをいなすように優雅にティーカップを口に運び――

「あちゅいっ」

突然、子どものように可愛《かわい》らしく顔をしかめた。

「……」

（あちゅい……？）

（今、あちゅいって……）

（あちゅいって言ったわね……）

美奈兎《みなと》たちの視線を受け、ソフィアの顔が見る見る真っ赤に染まる。

「い、いいから、そのお願いというのはなんですの⁉」

明らかにごまかしたのが見え見えだったが、ここでそれにつっこむわけにもいかない。

しかしこれで美奈兎の気が幾分軽くなったのも確かだった。

「え、ええっと……その、先輩にあたしのチームに入ってもらえないかと思って」

「チームというと、《獅鷲星武祭《グリプス》》の？」

「はい」

「ふむ……」

ソフィアは考え込むようにそうつぶやき、手にしたティーカップを再び口元に寄せる。

「はっ！」

が、その直前で先ほどのことを思い出したのか、ぴたりとその手が止まった。

それからソフィアは「ふー、ふー」と息を吹きかけ紅茶を冷ましてから、それでもまだ慎重に口をつける。

「……ん、よし」

そして満足したのか小さく何度もうなずいた。

(なんか……先輩って思ってたよりも可愛《かわい》い人だなあ)

美奈兎《みなと》がそんな風にほっこりしていると、ティーカップを置いたソフィアがこほんと咳払いをする。

「せっかくの申し出ですが、お断りいたしますわ」

「う……そ、そうですか」

がくりと肩を落とす美奈兎。

「理由をお聞きしてもよろしいでしょうか?」

と、柚陽《ゆずひ》が小さく手を挙げた。

「理由は単純明快。私には他人の力を借りる必要などありませんもの」

ソフィアはきっぱりと言ってのける。

「誤解なさらないでほしいのですけど、別段貴女方《あなたがた》がどうというわけではなく、たとえ相手が誰であろうと返事は変わりません。私は私の力だけで《星武祭《フェスタ》》を勝ち抜き、望みを叶《かな》えてみせますわ!」

そう言うソフィアの言葉には頑《かたく》ななまでの意思の強さと、揺ぎないプライドが感じられた。

——が。

「……果たしてそれはどうでしょう？」

「どういう意味ですの？」

クロエのぼそりとつぶやいた言葉に、ソフィアの目がわずかに吊り上がる。

「確かに先輩の実力は折り紙つきです。ガラードワースのアーネスト・フェアクロフや、星導館《せいどうかん》の刀藤綺凛《とうどうきりん》といった最上級の剣士とも渡り合うことが可能でしょう。ただし、それはあくまで剣技だけを比べた場合です」

クロエはそこで一度区切ると、真っ直ぐにソフィアを見据えたまま言った。

「すでに先輩の弱点は広く知れ渡っており、それを抱えたままで実戦を勝ち抜くことはほぼ不可能です」

「あ、あれは弱点なんかではありませんわ！　あれは、なんというか、その……ハンデ！そう、ただのハンデですわ！」

クロエの言葉に、ソフィアが顔を真っ赤にして反論する。

「仮にそうだとしても、過去二回のデータがそれを実証しています。先輩が二度出場した《王竜星武祭《リンドブルス》》は、いずれも本戦にさえ届いていません」

「うぐ……っ」

どうやらこれには返す言葉がないらしく、ソフィアが言葉に詰まった。

「そして過去に二回出場しているということは、先輩が《星武祭》に出場できるのは残り一回。それを個人戦である《王竜星武祭《リンドブルス》》に使うのは不合理です——これは仮に先輩がハンデを抱えていなくとも、私は同じことを言ったでしょうね」

《王竜星武祭》には現在二連覇中の絶対王者が君臨しており、三連覇間違いなしと目されている。その力は圧倒的で、確かにソフィアが《王竜星武祭》に出場したとしても優勝するのは極めて難しいだろう。

「そ、そんなことやってみなければわかりませんわ！」

「いえ、先輩が《王竜星武祭》を勝ち抜くのは不可能です。そのハンデを抱えたままでは、先輩はこの美奈兎《みなと》にさえ勝つことは難しいでしょう」

「えっ⁉」

急に話の矛先を向けられて、美奈兎がびくんと竦《すく》む。

「い、言いましたわね！　わかりましたわ！　そこまで言うなら、私の力を証明してみせますわ！」

がたっと椅子を鳴らして立ち上がったソフィアは、美奈兎に向かって指を突きつけた。

「若宮《わかみや》美奈兎さん、私と決闘ですわ！」

「ええええー⁉」

「では、もし美奈兎が勝ったなら——」

「ええ、いいですわ！　貴女方《あなたがた》のお願いとやら、聞き届けてあげましょう！」

ソフィアは憤然とそう宣言した。

＊

「……正直、まさかここまで操縦しやすい人だとは思わなかったわ」

その日の放課後、トレーニングホールの一室。

準備運動をする美奈兎に、クロエがどこか呆《あき》れた声でそう言った。

「きっと根が素直な方なのですよ」

そこへ柚陽《ゆずひ》がそうフォローを入れる。

「うん、あたしもそう思う」

直接会ってみるまではとにかくすごい人なのだというイメージしかなかったが、実際に話してみるとソフィア・フェアクロフという女性はとても好感の持てる人物だった。

「できれば仲間になってほしいなあ……」

「なら頑張りなさい。あなたが勝てばそれが叶《かな》うのだから」

美奈兎のつぶやきを聞きつけたのだろう、クロエが腕組みをしたまま言う。

「う、うん……。わかってはいるけど……本当にあたしが先輩に勝てるのかなあ？」

なにしろ相手は元《冒頭の十二人》《ページ・ワン》である。

「大丈夫よ。ソフィア・フェアクロフの弱点は、あなたや柚陽《ゆずひ》のそれとは比べ物にならないほど大きい。それにあなただって、近接戦闘だけなら十分序列上位者と渡り合えるものを持っているわ」

「近接戦闘だけなら、ね……」

あまり褒《ほ》められている気はしないが、今は培ってきたそれを信じるしかない。

「──お待たせしましたわ」

と、反対側の壁際で準備をしていたソフィアが部屋の中央に進み出てきてそう言った。

一応は決闘であるが、美奈兎《みなと》もソフィアもあまり人目に晒《さら》されて闘うのは好まないという意見が一致したので、ステージではなくトレーニングホールの訓練室だ。それでもちょっとした体育館くらいの広さはあるし、お互い攻撃力の高い能力があるわけでもないので決闘の場としては十分だろう。

「準備はよろしくて？」

ソフィアの手にはサーベル型の煌式武装《ルークス》が握られている。

「はいっ」

美奈兎が同じように前へ出て、お互いに胸の校章へ手をかざす。

「羨望《せんぼう》の旗幟《きし》たる偶像《ぐうぞう》の名の下に、私ソフィア・フェアクロフは汝若宮《なんじわかみや》美奈兎に決闘を申請いたしますわ！」

「……その決闘、受諾します！」

そう宣言するが早いか、美奈兎は一気にソフィアとの間合いを詰めていた。

お互いに射撃武器はなし。ソフィアは《魔女《ストレガ》》でもないので、遠距離攻撃はあり得ない。

つまり接近戦がメインとなるわけだが、それでも相手は剣でこちらは拳だ。リーチの差は否めない。できるだけ自分に有利な間合いで闘う必要があり、そのためにはまず先手を取ることが重要だった。

「ふぅん……」

一方のソフィアは悠然とサーベルを垂らしたまま、それを構えもしない。

美奈兎はソフィアの斜め後ろに回り込み、死角から右の拳を放つ。

だが。

「えっ⁉」

ソフィアはその一撃を、サーベルで無造作に受け止めていた。

「動きは速いし、反応速度も悪くありませんわ」

横目でちらりと美奈兎を見ると、ソフィアがそうつぶやく。

次の瞬間、美奈兎は猛烈な力で跳ね飛ばされていた。

それでも美奈兎は空中で身体《からだ》を丸めると、着地するなり体勢を整え、再び攻撃へ転じる。

「はぁあああああ！」

気合を込めて次々と拳を繰り出すが、ソフィアはその全てを右手で持ったサーベルで軽々といなしていた。時折フェイントを織り交ぜてみたものの、まるで通じない。

「膂力《りょりょく》もそれなり、リバランスも上々……まあ、星辰力《プラーナ》の練りこみが少々甘いようですけど、少なくとも近接戦闘においては十分にリスト入りの実力はあるようですわね」

それどころか講評をする余裕さえあるほどだ。

「くっ！」

わかってはいたが、圧倒的な強さだった。

基本スペックでは美奈兎《みなと》が勝っている部分もあるかもしれないが、技量の面では段違いと言ってもいいほどの差がある。ソフィアの剣技は完璧に洗練されたもので、美しい弧を描く剣の軌道は美奈兎の攻撃をまるで寄せ付けない。

「さて、とっ」

するとソフィアのサーベルが美奈兎のナックルを大きく撥《は》ね上げ、その隙《すき》にソフィアが距離を取った。

「それでは次は私からいかせていただきますわよ」

そう言うなり、半身に構えたサーベルの切っ先が美奈兎へ向けられる。

（来る……！）

美奈兎はいつでもそれに対応できるよう、腰を落として迎撃の態勢を取っていたが……。

「ふっ！」

「――――！」

次の瞬間には、あっさりと間合いに踏み込まれていた。

（速……っ!?）

煌《きら》めくサーベルが、複数のフェイントを織り交ぜつつ美奈兎を襲う。

本来なら、とてもかわせるようなタイミングではない。

「くぅ……っ！」

「っ!?」

が、美奈兎は間一髪のところで、サーベルの一撃から校章を守っていた。

ソフィアの目に一瞬驚愕《きょうがく》が浮かび、その表情が険しくなる。

「それならば！」

ソフィアのサーベルが校章を庇《かば》う左手のナックルを上段から打ち据え、さらにその切っ先がひるがえって再度校章を狙う。

しかし。

「はぁっ！」

美奈兎はその一撃を右手で払うと、そのまま身体《からだ》を巻き込むように回転させてソフィアの懐へ入っていた。

玄空流《げんくうりゅう》──〝螺鉄《らてつ》〟。

「く──っ」

裏拳《うらけん》の要領で放たれた一撃は、それでもなおかわされてしまったが、再びお互いに距離を取って対峙《たいじ》した時、美奈兎《みなと》はようやくその実感を持った。

(本当に、本当なんだ……)

本来ならば、先ほどのソフィアの攻撃で終わっていたかもしれない試合。

それをなんとか凌《しの》げたのは、ソフィアが持つ致命的な弱点──ソフィアの言葉を借りるならばハンデだが──を知っていたからこそだ。美奈兎はソフィアが最初から校章を狙ってくることがわかっていた。

いや、もっと言えば、ソフィアが校章以外を攻撃できないことを知っていた。だからこそ、フェイントにも引っかからなかったのだ。

ソフィア・フェアクロフが抱える弱点、それは即《すなわ》ち──

「相手を傷つけることができない……」

「くっ……!」

悔しそうに顔を歪《ゆが》ませるソフィアに、美奈兎はごくりと唾を飲み込んだ。

そう。それこそが、今や誰もが知るソフィア・フェアクロフが抱える弱点。

どういう理由からかはわからないものの、ソフィアは他人を傷つけてしまうことを極度に恐れているのだという。そうなれば当然攻撃も制限されてしまうし、動きも鈍る。ソフィアの剣技がいかに優れていようとも、余程の力量差がなければ相手に勝つのは難しいだろう。

《星武祭《フェスタ》》の試合も個人同士の決闘も、原則的には「相手の校章を破壊した時点」で勝敗が決する。つまり理屈で言えば相手を傷つける必要はない。

意図的な残虐行為《ざんぎゃく》は星武憲章《ステラ・カルタ》により禁止されているし、そもそもにおいて《星脈世代《ジェネステラ》》は常人よりもはるかに生命力が高い。アスタリスクの治療院には治癒系の能力者が揃《そろ》っているし、落星工学《らくせいこうがく》を用いた最先端医療を受けることもできる。

——だが、そうは言っても《星武祭》がバトルエンターテインメントと銘打って開催され、武器や特殊能力を駆使して闘う場である以上、ある程度の怪我《けが》はつきものだし、場合によっては怪我ではすまないケースもある。

そしてこのアスタリスクで闘うことを選んだ大半の学生にとって、それは覚悟の上のことであるはずだった。

美奈兎も別段人を傷つけたいわけではないが、勝負の場となればそれを躊躇《ためら》うことはない。お互いに、真剣勝負だと思っているからだ。

（でも、この人は違うんだ……）

美奈兎は警戒しつつも、すり足で少しずつ間合いを削っていき——星辰力《プラーナ》を高めて正面から一気に飛び込む。

ソフィアの校章へ向け、右拳を放つがそれは直前でソフィアのサーベルに防がれた。

「あまり舐《な》めないでくださいまし！　腐ってもこのソフィア・フェアクロフ、貴女《あなた》ごときに後れを取るものではありませんわ……！」

きっと美奈兎《みなと》を睨《にら》みつけながら、ソフィアがサーベルでナックルを押し返す。

「……っ！」

美奈兎はすぐに体勢を整え次の攻撃に移りながらも、心中にもやもやとしたものが湧《わ》きあがるのを感じていた。

＊

「さすがはソフィア・フェアクロフ先輩、と言ったところでしょうか……すごい剣技ですね」

「そうね。あんな弱点を抱えたまま、美奈兎相手に互角かそれ以上——大したものだわ」

訓練室の壁際に立つクロエは、激しい近接戦闘を繰り広げているソフィアと美奈兎を見守りながら、冷静に分析を続けていた。

ソフィアが抱える弱点は致命的なもので、普通なら試合になるはずがない。攻撃の矛先が限定されるのはもちろん、相手を傷つけることができないということは、攻撃を防御するのにも逐一気を回さねばならないということだ。ソフィアが使っている煌式武装《ルークス》はかなり威力が低めに設定されているためほとんど切れ味はないだろうが、その切っ先は今のところ一度も美奈兎の身体《からだ》に当たっていない。驚異的な剣捌《さば》きだった。

「もしなんのハンデもなかったとしたら、とっくに勝負はついていたでしょうね」

近接戦闘能力だけに限れば、美奈兎は序列上位者にも引けを取らない。

だが、本来のソフィアの実力はおそらくその数段上——アスタリスク全体で見てもトップクラスと言ってもいいものだ。潜在能力はともかく、今の美奈兎では相手にならないだろう。

——とはいえ。

「お互いに決め手を欠く以上、このまま続ければ有利なのは美奈兎さんのほう……」

小さくつぶやく柚陽《ゆずひ》の言葉に、クロエがうなずく。

「そうね。あんな神業のような真似《まね》をいつまでも続けられるはずがない。長引けば、いかにソフィア・フェアクロフといえどもミスが出るはず」

そこが美奈兎の勝機となるはずだ。

無論、星辰力《プラーナ》の総量が少ない美奈兎にとっても長期戦はリスクがあるが、美奈兎には極力その消耗を抑えるように言い含めてある。攻撃を受ける危険性がない以上防御に回す星《プ》辰力《ラーナ》を節約できるし、無茶《むちゃ》な使い方をしない限りは十分持つだろう。

「ですけど……どちらかというと、美奈兎《みなと》さんの動きのほうが鈍くなってきているように見受けられます」

「え……？」

言われてすぐに視線を戻すと、確かに柚陽《ゆずひ》の言葉通り、美奈兎が押され始めていた。

今までも若干ソフィアのほうが優勢だったのは間違いないが、それでも攻撃対象が校章に限られている以上、防御するのは難しくない。手数の面で負けてはいても、美奈兎はすぐに反撃に移っていた。

ところが今は美奈兎の動きが明らかに鈍く、防御一辺倒といった有様だ。

ソフィアの攻撃に対する反応も遅く、その表情にも焦りの色が濃い。

「あわわ、わっ！」

「──どういうつもりかは知りませんが、あまり馬鹿にしないでほしいものですわね！」

一方でソフィアの言葉には強い怒りが感じられた。

流れるような連続攻撃をなんとか凌《しの》いでいた美奈兎だったが、次の瞬間、ソフィアの攻撃速度が一段階上がる。

「えっ!?」

とっさに校章をガードしようと腕を交差させる美奈兎。

が、サーベルは直前で軌道を変えると、切っ先が両腕の隙間《すきま》に滑り込み、美奈兎の両腕を大きく弾き飛ばす。

「しまっ――」

がら空きになった美奈兎の校章目掛けて、剣閃が煌《きらめ》いた。

「決闘決着《エンドオブデュエル》！　勝者《ウィナー》、ソフィア・フェアクロフ！」

ソフィアがサーベルを一振りして背を向けると同時に、勝敗を告げる機械音声が訓練室に鳴り響く。

「……これで私の実力は証明できましたわね。では、ごきげんよう」

ソフィアは不機嫌そうな声でそう言うと、そのまま振り返ることなく去って行った。

＊

――翌日の昼休み、いつもの学食テラス。

「さて、説明してもらいましょうか？」

「あうう……」

腕を組んで仁王立ちするクロエの前で、美奈兎《みなと》はしょんぼりとうなだれていた。

クロエの表情も口調も、いつも通り冷静で淡々としたものだ。しかしなぜだかそこに怒りの色をひしひしと感じる。

「昨日の決闘後半、あなたの動きは明らかにおかしかった。まさかとは思うけれど、手を抜いたの？」

「そ、そういうわけじゃないんだけど……」

詰問される美奈兎を横目に、チェルシーと柚陽《ゆずひ》が苦笑を浮かべている。

「そっかー、負けちゃったのかあ」

「ええ、残念ながら」

「でもまあ、相手があのソフィア・フェアクロフ先輩なら仕方ないんじゃないの？　腐っても元《冒頭の十二人》《ページ・ワン》でしょ？」

「いえ、途中までは中々に良い勝負だったのですけれど……」

それを聞いた美奈兎がますます小さくなる。

「とにかく、理由を教えてもらうわ」

「それは、その……」

美奈兎は口篭《くちごも》るが、やがて恐る恐る上目遣いで口を開いた。

「なんか闘ってるうちに、先輩に悪いなって思えてきちゃって、そしたら身体《からだ》が重くなって……」

「悪い？」

ぴくりとクロエの眉が動く。

「だ、だって、先輩の弱みに付け込んでるみたいで気が引けるっていうか、なんか卑怯《ひきょう》っていうか……」

どんどんとか細くなる美奈兎の声。

「はぁ……」

するとクロエは呆《あき》れたような深い溜《た》め息《いき》を吐いた。

「今更何を言い出すのかと思えば……相手の弱点をつくのは戦術の基本でしょう。現にあなたも今までそうやってやられてきたのじゃないのかしら？」

「それはそうなんだけど……でも、先輩のはあたしみたいな明らかな欠点じゃないもん。人を傷つけられないっていうのは、先輩が優しいからでしょ？　それって悪いことじゃなくてむしろいいことだと思うし、そこに付け込むようなことはやっぱりちょっと違うかなって……」

「優しい？　私から見ればただ単に覚悟が足りないようにしか見えなかったけれど」

「そ、そんなことない、と思うけど……」

美奈兎は弱々しく反抗するが、やはり後ろめたさがあるのか目を逸《そ》らしている。

「それに――あなたはそんなことで自分の夢を諦めるの？」

が、クロエの言葉にはっと顔を上げる。

「そ、それは……」

「だとしたらとんだ見込み違いね。私はあなたの夢にかける気概を買ったからこそ、協力してもいいと思ったのよ」

「……」

半泣きになって黙り込む美奈兎《みなと》。

「まあまあ、クロエさん」

そこへ柚陽《ゆずひ》がクロエを宥《なだ》めるように割って入ってきた。

「美奈兎さん、私もフェアクロフ先輩が覚悟を持たずに闘っているような方だとは思いません」

「柚陽……」

「ですが、だからこそ美奈兎さんは全力で闘わなくてはならなかったのではないでしょうか？」

「え……？」

「フェアクロフ先輩は誇り高い方です。そのような方が覚悟を決めて戦場《いくさば》に立つなら、無用な同情や憐憫《れんびん》を何よりも厭《いと》うはずだと思いませんか」

「――っ」

その言葉に美奈兎は、はっとしたように目を見開いた。

「それこそ、場合によっては馬鹿にされたと感じるかもしれません」

「あ、あたしはそんな……！」

思わず腰を浮かしかけた美奈兎に、柚陽が優しく微笑《ほほえ》みながらうなずく。

「はい、もちろんそうではないことはわかっていますよ」

「……」

美奈兎はそのまましばらく俯《うつむ》いて黙り込んでいたが、やがて椅子を鳴らして立ち上がると、クロエに向き直ってぺこりと頭を下げた。

「ごめん、クロエ！　あたしが間違ってた！」

続けてすぐに柚陽のほうを向き、申し訳なさそうな笑みを浮かべる。

「ありがとう、柚陽。あたし、ちょっと行ってくる！」

そして言うが早いかいきなり走り出し、止める間もなく行ってしまった。

クロエも柚陽も、しばらく呆然《ぼうぜん》としたようなまま目をぱちくりとさせていたが、それを傍から見ていたチェルシーがさも楽しそうにくつくつと喉を鳴らす。

「いやー、ごめんね二人とも。あの子、馬鹿だからさ。考えるよりまず行動するタイプだし、理屈より感情優先だし……だからまあ、なんてゆーか」

そこまで言うと、チェルシーは嬉《うれ》しそうに目を細めた。

「二人があの子の友達になってくれて良かったよ」

「いえ、私は美奈兎《みなと》さんのそういうところ、すごく素敵だと思います」

その言葉に、柚陽《ゆずひ》もにっこりと笑みを返す。

必然、二人の視線がクロエに向けられるが、クロエはわずかに眉を顰《ひそ》めたまま顔を逸《そ》らし、小さく溜《た》め息《いき》を吐いた。

「……まあ、とにかく追いかけましょう。どこに向かったかは大体見当がつくし」

＊

ソフィア・フェアクロフは今日も同じカフェの同じ席で昼食を摂《と》っていた。

別段指定席というわけでもないのだが、いつの間にか店員も他の客もそういう認識になっているらしい。このカフェは基本的に一見の生徒が訪れることはあまり多くない。見回せば、どこも見慣れた顔ばかりだ。生徒会や委員会の上層部、あるいは序列上位者や売れっ子アイドルといった、このクインヴェールにおいてカースト上位に位置する者たち。

もっとも、その中にソフィアに話しかけてくるような者は一人もいない。

かつてソフィアが《冒頭の十二人《ページ・ワン》》として華々しい脚光を浴びていた時は、賛辞を振りまく取り巻きや、なんとか取り入ろうとする有象無象で鬱陶しいほどだったが、ソフィアの弱点が露呈し敗北を重ねるようになると、波が引くように去っていってしまった。

（まったく、人間というものは勝手なものですわね……）

今ではむしろソフィアは陰で揶揄《やゆ》されるような存在で、この店でも時折そのような視線を感じる時がある。

それでもソフィアは自身のプライドにかけて、逃げ出したり俯《うつむ》いたりすることはなかった。

堂々と、優雅に、そしてなによりも気高くあること。

ソフィアは常にそう心がけているのだが——

「先輩ー！」

突如としてカフェに響き渡った大声に、ソフィアは思わず持っていたティーカップを落としそうになった。

「な、何事ですの？」

客層的にこのカフェでこんな騒々しい声を上げるような輩はまずいない。

驚いてソフィアが声のほうに目を向けると、昨日ソフィアを訪ねてきた後輩——若宮《わかみや》美奈兎が、真っ直ぐにこちらに向かってくるところだった。

「貴女《あなた》……」

ソフィアが困惑していると、美奈兎《みなと》は早足でソフィアの前までやって来て、いきなり深々と九十度のお辞儀をする。

「先輩、昨日は本当にすみませんでした！」

そしてカフェ中に響くような声で、そう言った。

「ちょっ！　い、いきなりなんですの⁉　てゆーか声が大きすぎますわ！」

「え、あ、ご、ごめんなさい！」

明らかに注目を集めすぎているのでそう注意すると、美奈兎はそこで初めて気がついたように顔を真っ赤にして声を潜めた。

「まったくもう……とりあえずお座りなさいな」

「は、はい。失礼します」

美奈兎が昨日と同じようにテーブルの反対側に腰を下ろすと、ソフィアは落ち着こうと紅茶をカップに継ぎ足した。

「突然頭を下げられても意味がわかりませんわ。一体何の謝罪ですの？」

「……昨日の、決闘のことです」

その言葉に、ソフィアの眉がぴくりと動く。

なるほど。そういうことならば、心当たりがないわけでもない。

「……後半、手を抜いたことですわね」

「ち、違っ！　あ、いや、結果的にはそうなんですけど、あれはわざとじゃなくって、全力が出せなかったというか……！」

あわあわと両手を振って慌てふためく美奈兎。

その姿を見ていると、怒る気も湧《わ》いてこない。

「別に構いませんわ。負けたのならまだしも、勝ったのは私ですもの」

そう言って、余裕を見せるようにティーカップを口に運ぶ。

「それで？」

「え？」

「わざわざ私に頭を下げるためだけにいらしたわけではないでしょう？　言っておきますけど、何度こられてもチームには……」

「いえ、謝りにきただけですけど？」

きょとんとした顔で美奈兎が言う。

「へ……？」

ソフィアはまじまじとその顔を見つめるが、どうやら本気で言っているらしい。

決闘で負けておきながら、その相手に言い訳や負け惜しみを言うのではなく、ただ謝る。

少なくとも、ソフィアはそんな人間を今まで見たことがなかった。

「……貴女《あなた》、変わってますわね」

「そ、そうなんでしょうか……」

困惑したような顔の美奈兎《みなと》には自覚もないらしい。

「あっ！　じゃあ、一つだけいいですか？」

「なにかしら？」

「先輩の夢……《星武祭《フェスタ》》で勝って、叶《かな》えたい願いっていうのは、どんなことなんでしょう？」

「――っ」

その真っ直ぐな質問に、一瞬ソフィアは口篭《くちごも》る。

答える義理はない。別段隠しているわけではないが、そもそも今まで他人に話したこともほとんどなかった。

――いや、正確に言えば話すような相手がいなかったのだ。

だからだろうか。

「私の願いは……兄に代わってフェアクロフ家の家督を継ぐこと。そして兄をあの家の呪縛から解き放って差し上げることですわ」

「お兄さんって、ガラードワースの生徒会長さん、ですよね？」

そう。

アーネスト・フェアクロフ。ソフィアにとって最愛の、かけがえのない大切な兄。

あらゆる因習としがらみに囚《とら》われ、なにもかもを理不尽に奪われながらも、常にそれに応え続ける偉大な兄だ。

……愚かしいほどに。

「先輩？」

心配そうに覗《のぞ》き込んでくる美奈兎の声に、ソフィアははっと我に返る。

「だ、大丈夫ですわ。とにかく、私はそのためにも必ず《星武祭》で優勝しなければなりませんの」

さすがにこれ以上踏み込んで説明してやる理由もない。

ところが、美奈兎は真剣な表情でソフィアの言葉にうなずいた。

「わかんないけど……でも、なんとなくわかります。決闘の時、先輩の剣は優しいのに、すごく重いものを感じました。本当はあたしもその覚悟に、本気で応えなきゃいけなかったのに……」

どうやら本気で後悔しているらしく、美奈兎はそう言ってしょんぼりとうなだれる。

が、ふいに美奈兎がその顔を上げ、テーブルに身を乗り出してきた。

「あ、あの、先輩！　厚かましいのは重々承知の上でお願いします！　もう一度あたしと決闘してもらえませんか？」

「はい？」

「もちろん今度はあたしが勝ってもなにか要求したりはしませんし、なんだったら序列変動なしの模擬戦でも……って、あ、あれ？　そういえばあたし、昨日先輩に負けたから今リスト外なんだ……！　う、うわー、まさか次の公式序列戦までも持たないなんて……！」

今更気がついたのか、美奈兎《みなと》が一人で青くなったり赤くなったりしている。

確かに昨日の決闘でソフィアが勝利したので、序列三十五位には現在美奈兎にかわってソフィアの名前がランクインしているはずだった。

「まったく、貴女《あなた》は本当に変わった人ですわね」

ソフィアはそう言って苦笑する。

先ほどの質問同様、その決闘に応える理由も義理もない。

けれど、この若宮《わかみや》美奈兎という少女には少しだけ興味がわいた。

「わかりましたわ。では、今日の放課後、昨日と同じトレーニングホールでお待ちしていますわ」

＊

「まったく、急に飛び出して行ったかと思えば、こんな無益な決闘を取り付けて……」

「ふふっ、いいじゃありませんか。フェアクロフ先輩ほどの人との真剣勝負なら、必ずなにか得るものがあるでしょうし、これも修行だと思えば」

放課後、昨日と同様クロエと柚陽《ゆずひ》の前で美奈兎はしっかりと準備運動を行う。

「ごめんね、二人とも。あたしの我がままにつき合わせちゃって」

「いいわ。もう今更だし」

「今度は悔いの残らぬようにがんばってくださいね」

「うん！」

ナックルをぶつけ合わせて気合を込める美奈兎に、クロエがそっと耳打ちをする。

「いい、美奈兎。基本的な戦術は昨日と同じで大丈夫だけれど、一つだけ気をつけることがあるわ」

「……最後のやつでしょ？」

昨日の決闘では、最後に防御した腕を隙間《すきま》から撥《は》ね上げられ、無理矢理ガードをこじ開けられてしまった。ソフィアの攻撃は基本的に校章だけを狙ったものだが、あれだけは注意しなければならないだろう。

「ええ。おそらくいかにソフィア・フェアクロフといえども、あれほど完璧に防御を崩すのは容易ではないはず。そう何度も機会があるとは思えないわ。問題はその時に凌《しの》げるかどうかね」

「なにか手があるの？」

「なくもないわ。ただし、かなり難しいわよ？」

そう言ってクロエが提案してきたのは、確かに無茶苦茶《むちゃくちゃ》な対応策だった。

だが、他に打つ手がない以上どうにかするしかない。

「——よし！」

見れば、すでにソフィアのほうはすっかり準備を整えて訓練室の中央で美奈兎《みなと》を待っている。

美奈兎は同じように中央まで進み出ると、自分の校章に手をかざした。

「羨望《せんぼう》の旗幟《きし》たる偶像《ぐうぞう》の名の下に、あたし若宮《わかみや》美奈兎は汝《なんじ》ソフィア・フェアクロフに決闘を申請します！」

「……その決闘、お受けしますわ！」

昨日とは逆の形になった宣誓。

だが、今回も仕掛けたのは美奈兎からだった。

一瞬で間合いを詰めると、フェイントを織り交ぜた連打を休みなく繰り出していく。

「なるほど、確かに昨日よりも気合が入っているようですわね！」

しかしやはりその攻撃はどれもあっさりとソフィアのサーベルに防がれてしまう。美奈兎の動きは実際に昨日よりも良いはずなのだが——

（動きが読まれている……!?）

昨日、一回闘っただけで、ある程度美奈兎の動きを把握してしまったらしい。

美奈兎の動きが単純なこともあるだろうが、今更ながらソフィアのずば抜けた才能に驚かされる。

だが、動きに慣れてきているのは美奈兎も同様だ。

美奈兎は戦いの中からなにをどうやって学び、どう生かせばよいのかという思考が極端に苦手だっただけで、学習能力が低いわけではない。

そして今ではそれを補ってくれる友人がいる。

クロエから受けた指導を思い出しながら、少しずつ自分の動きを修正していく。

「はぁっ！」

「──っ！」

美奈兎が屈《かが》み込んで足払いを放つと、ソフィアが後方に跳んでそれをかわす。

すかさず低姿勢のまま美奈兎が追撃をかけるが、ソフィアがカウンター気味にサーベルを繰り出してきたため、美奈兎は慌てて校章をガードした。

それを機会に、お互い一度距離を取って呼吸を整える。

形勢は五分。美奈兎の攻撃は一度も届いていないが、ソフィアの攻撃も今のところ全部凌《しの》いでいる。こうしてみると、ほぼ全ての面で負けていると思っていた美奈兎にも、いくつかソフィアに勝っている部分があった。

経験や技術はまるで及ぶべくもない。反応速度は互角に近いのだが、残念ながら美奈兎《みなと》の身体《からだ》がそれについていけていないため、実際には速度の面でも完敗。

ただし膂力《りょりょく》とスタミナに関しては、美奈兎のほうが若干上のようだ。

（このまま長期戦に持ち込めば、あたしにも勝機がある……んだけど、それを許してくれるような人じゃないよね）

美奈兎が苦笑しながら拳を構え直した瞬間、ソフィアの鋭い突きが美奈兎の校章目掛けて繰り出された。

＊

剣と拳を交えながら、ソフィアは美奈兎の実力に感服していた。

もちろん本来のソフィアに及ぶようなものではないとはいえ、少なくとも連敗記録を更新し続けて世間から嘲笑《あざわら》われるようなレベルではないはずだ。体重移動や体の運び、攻撃の繋ぎ方など、しっかりと積み重ねられた鍛錬を感じ取ることもできる。

（それでも勝てなかったということは、よほど遠距離攻撃が苦手なのですわね……）

美奈兎の試合は何度か見かけたことがあるが、確かに驚くほどに対応が下手だった。そこを衝《つ》かれれば、負け続けるのもある意味仕方がないのかもしれない。

だからこそ、先日のヴァイオレット・ワインバーグの試合には驚かされた。上手《うま》くその弱点をフォローした闘い方に切り替えてきたからだ。かなり付け焼刃的な対応ではあったが、本人一人で改善できたならとっくにやっていたはずだろうから、誰かがアドバイスをしたのだろう。

（ですが、私はこの子とは違いますわ……）

実際、ソフィアがチームに誘われたのはこれが初めてではない。

ソフィアの剣の腕を惜しいと思い声をかけてくる学生は今まで何人もいたが、決まって言ってくることは同じだった。

『そんなに気にすることじゃない。だから――』

だから、相手を傷つけることを恐れるな。

まったく、なにも知らず簡単に言ってくれるものだ。

そうできたら、ソフィア自身どれだけ楽になることか。

ソフィアが抱えているものは、誰かに言われてどうにかなるようなものではないのだ。

「くっ……！」

一瞬、ソフィアの脳裏にあの日の映像がよぎる。

血に染まった自分の手。顔を押さえ、倒れる友人。駆け寄る兄。

「はあああっ！」

思わず身体《からだ》が固まり、その隙《すき》を逃さず美奈兎《みなと》のナックルがソフィアに迫る。

慌ててサーベルを戻し、ギリギリのところでそれをガードした。

(私としたことが、余計なことに気を取られすぎですわ……！)

自分自身を戒め、間合いを計り直しながらサーベルを構える。

己の情けなさは身に染みている。

だが、それを否定しても仕方がないのだ。今の自分で闘う以外の方法など、ないのだから。

ソフィアはそう心の中でつぶやくと、大きく息を吸って呼吸を整えた。

＊

美奈兎は間合いを取り直したソフィアの全身の星辰力《プラーナ》が、まるで刀のように研ぎ澄まされていくのをひしひしと感じていた。

おそらく、次で決着をつけるつもりなのだろう。

(つまり――アレがくる！)

美奈兎が覚悟を決めると同時に、ソフィアが猛攻を仕掛けてきた。

「さあ、いきますわよ！」

上段から振り下ろされたサーベルが突如として撥《は》ね上がったかと思うと、直後には鋭くえぐるような突きへ転じる。剣閃が円を描き、切っ先が舞い踊り、様々な角度から途切れのない連続攻撃が美奈兎の校章目掛けて襲い掛かる。

(これであたしに傷一つ付けないんだから、この人は本当に……！)

神業めいたその技量につくづく感心しつつも、両手のナックルをクロスさせて必死に校章をガードする美奈兎。

――その刹那。

ほんのわずかに生まれたガードの隙間目掛けて、ソフィアのサーベルが滑り込んだ。

「もらいましたわ！」

(ここっ！)

が、それよりも一瞬早く、ソフィアに弾かれる前に美奈兎は自分からガードを解いていた。

そしてすぐさま両掌《てのひら》でサーベルを挟み込む。

つまり――

「白刃《しらは》取《ど》り……っ⁉」

ソフィアの目が見開かれ、その顔に驚愕《きょうがく》が広がった。

さらに美奈兎は挟み込んだサーベルを左脇に引き寄せるようにして放し、そのまま自分の身体《からだ》を巻き込むように回転させる。

玄空流《げんくうりゅう》――〝転槌《てんつい》〟。

次の瞬間、美奈兎《みなと》の左肘が、ソフィアの校章に叩き込まれていた。

美奈兎の耳に、ぴしりと硬いものにひびが走る音が届く。

「決闘決着《エンドオブデュエル》！　勝者《ウィナー》、若宮《わかみや》美奈兎！」

機械音声が決着を告げると同時に、美奈兎は煌式武装《ルークス》を解除してへなへなと床に座り込んだ。

「あ、危なかったぁ……」

やっておいてなんだが、実戦での一発勝負で白刃取《しらはど》りなど無茶《むちゃ》にも程がある。成功したのはほとんど奇跡と言ってもいい。

「……なかなか無茶をなさいますわね」

そんな美奈兎に、仏頂面のソフィアが声をかけてきた。

「あの状況で、白刃取りとは正直驚かされましたわ」

「あはは……あれはあたしじゃなくて、クロエのアドバイスに従っただけです。しかもそれ、決闘の直前に言われたんですよ。無茶苦茶ですよね」

そう言って苦笑しながら美奈兎《みなと》がクロエのほうを見ると、ソフィアも同じように視線を向ける。

「あれを直前に？　それでよくやろうと思いましたわね」

呆《あき》れたようなソフィアに、美奈兎はぽりぽりと鼻の頭を掻いた。

「えへへ……あ、でもでも先輩の剣もすごかったです！　気高くて、優しくて、えーと、その、上手《うま》く言えないんですけど……先輩の剣、とっても綺麗《きれい》でした！」

「──っ！　わ、私の剣が……綺麗……？」

その言葉に、ソフィアが大きく目を見開く。

「……？　先輩？」

美奈兎が立ち上がってその顔を覗《のぞ》き込むと、ソフィアは慌てたように顔を逸《そ》らした。

「な、なんでもありませんわ！」

「そ、そうですか……」

美奈兎はきょとんとした顔でそんなソフィアを眺めていたが、ソフィアもソフィアで横目でちらちらと美奈兎を覗き見ている。

「……」

ソフィアはしばらくそんな風になにか言いたそうにしていたが、やがてぼそりと小さな声で言った。

「と、ところで先日のお話ですけれど……」

「え？」

突然そう言われてもなんのことかわからず首を傾《かし》げる美奈兎に、顔を赤くしたソフィアがやや早口で続ける。

「で、ですから、貴女方《あなたがた》のチームについてのお話ですわ！　ちょ、ちょっと、ほんの少しだけですけれど興味が出てきたので、お話を聞くだけ聞いてあげてもよろしくてよ……！」

「え……？」

美奈兎のぽかんとした表情が見る見るうちに歓喜に染まった。

「ほ、本当ですか⁉」

「べ、べべ別にまだチームに入ると決めたわけではないですわ！　あくまでただ話を聞くだけで……ちょ、ちょっと！　聞いてますの⁉」

ソフィアは茹《ゆ》で上がったタコのような顔でそっぽを向くが、美奈兎はそれを最後まで聞かず、ソフィアの手を取ってぴょこぴょこと飛び跳ねる。

そんな二人をクロエは呆れた顔で、柚陽《ゆずひ》は穏やかな笑顔で見つめていた。

第五章　《戦札《ベルム・アルカナ》の魔女》

「え……？　あと二人仲間が必要って……仮に私が参加するなら、残りは一人じゃありませんの？」

ソフィアはきょとんとした顔で、テーブルを囲む顔を一人ずつ見回す。

チェルシーがアルバイトをしているカフェ『マコンド』。

ソフィアとの決闘を終えた翌日、美奈兎《みなと》たちは詳しい話をするため改めてソフィアと共にそこを訪れていた。

「あはは……やっぱりそう思っちゃいますよね」

このやり取りは柚陽《ゆずひ》に続いて二回目だ。

「生憎《あいにく》と、こちらのクロエさんはチームメンバーというわけではないのです」

美奈兎と柚陽が苦笑しながらそう説明すると、ソフィアは驚いたように目をしばたかせる。

「それでは、クロエ……フロックハートさんでしたかしら？　貴女《あなた》はなぜ彼女たちに協力をしていますの？」

「……一言でいうなら、なりゆきです」

「ふーん……まあ、それならそれで構いませんわ。それでも貴女がこのチームの参謀《さんぼう》役なのでしょう？」

クロエの答えは身も蓋もないものだったが、ソフィアはその部分は特に気にしていないようだ。クロエがうなずくと、ソフィアは小さく息を吐いた。

「――なんにせよ、私が貴女方のチームに参加する条件はただ一つ。それが《獅鷲星武祭《グリプス》》において優勝を狙えるチームであるかどうかだけですわ。その可能性はありますの？」

腕を組み、鋭い目線で美奈兎たちを見据えるソフィア。

「無論、絶対を保証しろと言っているわけではありませんわ。ただ、以前貴女が私に言った通り、私が《星武祭《フェスタ》》に出場できるのは後一回。それを賭けるだけの価値が、このチームに――」

ソフィアがそこまで言った、その時。

「はーい、お待たせしましたー。スペシャルストロベリーパフェのお客様ー」

「あ、はいはいっ！　私ですわ！」

チェルシーがイチゴパフェを運んでくると、その表情をさも嬉《うれ》しそうに一変させ、勢い良く手を上げる。

「……はっ!?」

が、すぐに美奈兎たちの視線に気が付いたのか、「こほん」とわざとらしい咳払いをしてから再び真剣な表情を作った。

「と、とにかく、そのあたりを聞かせていただくまで、そう簡単に返事をするわけには参りませんわ……！」

ソフィアは厳しい口調でそう言いつつも、その瞳はチラチラと手元のパフェを見ている。

「あの……先輩？　良かったら先にどうぞ」

「えっ？　じゃ、じゃあ、お言葉に甘えて……」

おずおずと美奈兎《みなと》がそう言うと、ソフィアはやや恥ずかしそうに顔を赤らめながらも、パフェに手をつけはじめた。

（やっぱりこの人、なんか可愛《かわい》いなあ……）

仮にも年上の先輩に対する印象としてはどうなのかとも思うが、見れば横に座る柚陽《ゆずひ》も同じような表情でソフィアを見ている。

なんとなく場の空気がほんわかしたところで、クロエが口を開いた。

「私たちの戦略は一芸に特化したメンバーを組み合わせることで、互いの長所を生かし短所を補おうというものです。例えば美奈兎は近距離格闘能力において、柚陽は遠距離射撃能力において、序列上位の学生と比較しても遜色のないものを持っています」

「確かに、若宮《わかみや》美奈兎さんの技量は中々のものでしたわ」

スプーンを口に運ぶ手を休め、ソフィアがうなずく。

「ですが、それは博打《ばくち》要素が高い戦略ですわね。メンバー同士で弱点をフォローし合うということは、裏を返せば誰か一人でも欠けてしまうことによって大きくチーム力が下がることを意味しますわ」

「おっしゃる通りです。仮に私が想定しているベストメンバーを揃《そろ》えられたとしても、このチームの総合力は著しく不安定なものになるでしょう。ただし――」

クロエはそこで一度言葉を区切ると、真っ直ぐにソフィアの目を見つめて言った。

「可能性だけを論ずるならば、私は優勝の目もあると思っています」

「……それは、例えば今現在《獅鷲星武祭《グリプス》》を二連覇しているガラードワースの銀翼騎士団《ライフローデス》をも倒せるとおっしゃっているのかしら？　だとしたら、どのくらいの確率で？」

「私が想定している最高のチームが最高の状態で闘うとして……０．５％といったところでしょうか」

「ええー？」

その数字の低さに美奈兎は思わず声を漏らしてしまったが、ソフィアは全く逆の感想を持ったらしい。

「なるほど、それだけあれば上出来ですわね」

そう言って苦笑し、肩を竦《すく》める。

「少なくとも、私がオーフェリア・ランドルーフェンを倒す確率よりはマシでしょう」

　オーフェリアは現在個人戦である《王竜星武祭《リンドブルス》》を二連覇している、アスタリスク史上最強との呼び声も高い〝魔女《ストレガ》〟だ。その強さは圧倒的で、三連覇はほぼ間違いなしと目されている。

「……それなら貴女方《あなたがた》のチームに賭けてみるのも悪くないかもしれませんわね」

「っ！　それじゃ……！」

　美奈兎《みなと》が腰を浮かせると、ソフィアは上品な笑みを浮かべてうなずいた。

「ええ、よろしく頼みますわ——美奈兎さん」

「やったー！　こちらこそです、ソフィア先輩！」

　その言葉に美奈兎が飛び上がらんばかりに喜び、柚陽《ゆずひ》が穏やかに微笑《ほほえ》みながらぱちぱちと小さく手を叩く。クロエもいつもと変わらない涼しげな表情ながら、どこかほっとしたような雰囲気があった。

「あ、じゃあじゃあ！　早速あたしから一つ提案！」

　美奈兎は立ち上がったまま、一同の顔を見回して興奮気味にぽんと手を打ち鳴らす。

「チームメンバー同士、もっと親睦《しんぼく》を深めたいなって思うんだけど……」

＊

その夜、女子寮。

「――確かにチームの連係を深めるために、メンバーが親睦を深めることは無意味ではないと思うわ」

シンプルな無地のパジャマ姿のクロエはそう言って額に手をあて、盛大に溜《た》め息《いき》を吐いた。

「でも、だからといってどうしてその場が私の部屋でなければならないのかしら？」

その声からは珍しくストレートな苛立《いらだ》ちが感じ取れる。

「うー、そんなに怒んないでよクロエー。だって仕方ないじゃん、この面子で今一人部屋なのはクロエだけだったんだからー」

Tシャツに短パンというラフな格好の美奈兎は、クロエのベッドであぐらをかきながら苦笑した。

「そうですね……さすがにこの時間に四人集まるというのは、ルームメイトに迷惑がかかりますし」

そう言う柚陽は白地に淡い撫子《なでしこ》柄の浴衣に伊達締《だてじ》めという和装で、いかにも涼しげだ。

今は使われていないもう一つのベッドの上で、きちんと正座をしている。

「でも……確かにクロエさんの言うことにも一理ありますわ。親睦を深めるのはいいとしても、なんでわざわざ夜に皆で集まる必要がありますの？」

その横に、どこか落ち着かない様子で座っているソフィアは、可愛《かわい》らしいフリルの付いたパジャマにナイトキャップ。さらには自室から持参してきた枕を抱いている。

「あ、それは昔師匠から聞いた話を思い出したんです！　師匠もチームメンバーと仲良くなるため、こうしてパジャマパーティをしたって……。それで、これが一番効果的だって言ってました！」

「そ、そういうものですの……？」

美奈兎《みなと》がそう力説すると、ソフィアは首を傾《かし》げながらも納得してくれたようだ。

その一方で、クロエは未だにむすっとしている。

「チームメンバーということは、もしや美奈兎さんのお師匠様もアスタリスクに？」

「あれ、言ってなかったっけ？　そうだよ、うちの師匠もクインヴェール出身なんだ。それでお母さんとはチームメイトだったんだって」

そう言うと、柚陽《ゆずひ》は目をぱちくりとさせた。

「チームメイトだったというのは初耳です。――クロエさんはご存知《ぞんじ》でしたか？」

「……いいえ、私も初めて聞いたわ」

クロエはそう言ってゆっくりと首を振る。

「まあ、あたしも詳しいことは知らないんだけどね。お母さんはあんまり当時のことを話したがらなかったし、師匠も気まぐれな人だったから」

美奈兎《みなと》はそう言いながら、母親と師を思い浮かべた。

二人の性格は正反対だったが、ちょっとした言動の端々からお互いを信頼していることがよくわかった。

（あたしもみんなとあんな関係になれたらいいんだけどなあ……）

美奈兎がそんな風に思っていると。

「実際、クインヴェールは他学園よりも二世や三世が多いと聞きますわね。美奈兎さんのお父様はどんな方ですの？」

ソフィアが何気なくそう訊《たず》ねてきた。

「あー、お父さんはあたしがまだ小さい頃に死んじゃったから……」

美奈兎は苦笑しながら、ぽりぽりと頬《ほお》を掻く。

「えっ……？　あ、あの、ごめんなさい、私……！」

「あ、いいんですいいんです！　気にしないでください」

泣き出しそうな顔でおろおろと手を彷徨《さまよ》わせるソフィアに、美奈兎はそう声をかけた。

「……えっと、あたしのお父さんは宇宙科学研究開発機構《SRDA》の宇宙飛行士候補だったんです」

「宇宙飛行士……？　じゃあ、もしかして美奈兎さんの夢はその影響で？」

意外そうな柚陽《ゆずひ》の言葉に、美奈兎はうなずく。

「確かにこの国の宇宙科学研究開発機構は、世界でも珍しく有人宇宙飛行の実験に力を入れていたわね。統合企業財体の支援も受けて、かつては有人月面調査計画もあったらしいけれど――」

クロエが淡々と紡ぐその言葉は過去形だ。

同時にクロエの言葉は美奈兎の脳裏に、懐かしい記憶を蘇らせていた。

＊

良く晴れた日の夜には、美奈兎は父に連れられて散歩に出ることが多かった。

なにもない島の海岸線を、二人揃《そろ》って夜空を見上げながらゆっくりと歩く。響くのは打ち寄せる波と砂を踏む足音だけ。

煌々《こうこう》と照らす月を見て、美奈兎は何度も何度も繰り返し同じ質問をしていたのを今でもよく覚えている。

「ねえ、おとうさん。お月さまにはウサギさんがいるってホント？」

美奈兎が無邪気にそう聞くと、父も決まって同じように返した。

「美奈兎はいると思うかい？」

「うん！」

美奈兎の名前はその兎から取ったのだという。

だったらいないはずがない。

「——それじゃ、お父さんが確かめてきてあげような」

父は笑いながら、繋いだ手をぎゅっと握る。

「でも、お月さまはすごくとおいんでしょ？」

美奈兎《みなと》はそう言って、空いているほうの手を月へ向かって伸ばした。

今にも掴めそうな気がするほど大きく輝いて見えるそれは、しかし当然ながら決して手が届くことはない。

「遠いからこそ、行く意味があるのさ」

父の口調は美奈兎だけではなく、まるで自分自身にも向けているかのようだ。

「どうして？」

美奈兎が首を傾《かし》げると、父は足を止めてしばらく考え込む。

美奈兎は父親のその表情が好きだった。

「うーん……それがお父さんの夢、だからかな」

「ゆめ？　ゆめってなーに？」

「……美奈兎は時折難しい質問をするね」

困ったように父が眉根を寄せる。

美奈兎がじっとその顔を見上げながら待っていると、やがて父がゆっくりと口を開いた。

「そうだなあ。夢っていうのは――」

「……美奈兎さん？　大丈夫ですの？」

心配そうな表情で顔を覗《のぞ》き込んでくるソフィアの声に、美奈兎ははっと我に返った。

「あ、ああ、はい！　大丈夫です！」

美奈兎は取り繕うように笑い、両手を振ってなんでもないとアピールする。

見れば、先ほどのクロエの説明はまだ続いているようだ。

「――結局、十年ほど前に大きな事故を起こしたことを受けて有人月面調査計画は凍結。今や宇宙科学研究開発機構《SRDA》自体も年々予算が縮小されているらしいわ」

「大きな事故……ああ、そういえば小さい頃にそんなニュースを見たような記憶が……」

柚陽《ゆずひ》が思い出そうと僅かに眉根を寄せるが、それよりも早く美奈兎が答えた。

「うん。新型ロケットエンジンの爆発炎上事故。お父さんはその事故に巻き込まれて死んじゃったんだ」

「そうだったのですか……」

痛ましそうな表情を浮かべる柚陽に、美奈兎は照れくさそうに笑ってみせる。

「あはは……みんな、本当に気を遣わないで。もう昔の話だし、それにお父さんの遺志はちゃんとここにあるから」

言って、美奈兎《みなと》は自分の胸をトンと叩いた。

「あたしの夢は、あたしとお父さん二人の夢――だからあたしは絶対にそれを諦めないんだ」

そう。それは父が美奈兎へ教えてくれたことでもある。

それを聞いたソフィアも、ようやく表情を緩ませた。

「美奈兎さんは、本当にお父様のことが大好きですのね」

「もっちろん！　……あ、それよりあたしにだけ家族の話をさせるなんてズルいよー。次はみんなの番だからね！」

「私たちのですか？」

まさか自分に矛先が回ってくるとは思ってもいなかったのか、柚陽《ゆずひ》が珍しく驚いた声を上げる。

「それはまあ、構いませんけれど……そんなに面白い話はありませんよ？」

「そんなことないよ！　あたしは柚陽の家族の話、すっごく聞いてみたいな。もちろん、クロエやソフィア先輩たちのも！」

美奈兎がそう言って目線を向けると、クロエは露骨に嫌そうな顔で視線を逸《そ》らした。

「生憎《あいにく》だけど、私は辞退させていただくわ」

「えぇー」

美奈兎は思わず口を尖《とが》らせたが、その代わりにとでも言うようにソフィアがずいっと前に出てくる。

「おほん……！　いいでしょう、そこまでおっしゃるならアーネスト・フェアクロフお兄様の素晴らしさについて、夜が明けるまで語り尽くして差し上げますわ！」

「……いや、夜が明けるまではさすがにちょっと」

「なにをおっしゃいますの？　どれほど切り詰めたとしても、夜明けまでではお兄様の栄光の三分の一も語り終えませんわ！」

なにか変なスイッチが入ってしまったのか、ソフィアはベッドの上に立ち上がってぐっと拳を握り締めている。やる気満々だ。

――それから美奈兎たちは本当に夜が深《ふ》けるまで、他愛《たあい》のないガールズトークに花を咲かせ続けたのだった。

＊

「……どうせこんなことになるだろうと思っていたわ」

クロエはそうぼやきながら、ベッドですやすやと寝息を立てている美奈兎に毛布をかけた。

同じように反対側のベッドで寝入ってしまっている柚陽《ゆずひ》とソフィアにも同じように毛布をかけ、自分は椅子に座って机に頬杖《ほおづえ》を突く。

「まったく……こんなことで親睦《しんぼく》とやらが深まったのか甚《はなは》だ疑問ね」

そう言って溜《た》め息《いき》を吐き、クロエは何気なく美奈兎《みなと》たちの顔を見回した。

そのあどけない寝顔を見ていると、クロエと彼女たちの間には超えることのできない確かな隔絶があることを改めて思い知らされる。

生まれたときから抱え込んだ澱《おり》のような鬱屈や、胸の底を幽鬼のごとく彷徨《さまよ》う冥《くら》い感情。

クロエたちが生涯付き合っていかなければならないそれらとは無縁の、日なたの存在。

無論、彼女たちにもなにかしらの苦悩や悲劇があるのだろう——それこそ、美奈兎の父親のように。

相応の痛みを知ってここまできたのだろう。

しかし、それでもやはりクロエと彼女たちは根本的に違う存在なのだ。

「でも……だからこそ、なのかもしれないわね」

クロエはそう独りごちると、机の端末を起動させた。

空間ウィンドウが開き、そこに次々と学生のデータが表示されていく。

美奈兎たちのチームメンバーの、候補者リスト。

クロエは明かりの落ちた部屋でしばらくそれを眺めていたが、やがて光学キーボードを呼び起こすと、無言のまま作業に入っていった。

＊

「――さて、いい加減起きてくれないかしら？」

「……えっ？」

その声にがばっと身体《からだ》を起こすと、クロエの呆《あき》れ顔が美奈兎を見下ろしていた。

カーテンの隙間《すきま》から差し込む日差しが、今の時刻が朝だということを――それもまだ比較的早い時間だということを教えてくれる。

まだ半ば寝ぼけた頭で部屋を見回し、ようやく思い出してきた。

「あー、そっか……昨日、あのまま寝ちゃったのか……」

改めて見れば、美奈兎はクロエのベッドを占有してしまっていたらしい。

「ごめん、クロエ……ひょっとしてあたし、ベッド占領しちゃってた？」

「それは別にいいわ。私はどこででも寝られるし」

恐る恐るそう訊《たず》ねてみると、クロエは特に怒った様子もなくそう答えた。

「ふわーわ……おはようごじゃいましゅわ……」

「おはようございますぅ……」

目をこすりながら反対側のベッドで寝ていたソフィアと柚陽《ゆずひ》も起き上がる。

普段はあれほどしっかりしている柚陽も、寝起きはかなりぽわぽわしているようだ。

ソフィアは……実にソフィアらしい。

そんな美奈兎《みなと》たちの前に、突如として空間ウィンドウが展開された。

「皆、起きたのなら聞いてちょうだい。話があるわ」

「話……？」

クロエの言葉に、自然と視線がその空間ウィンドウに集まる。

「次のメンバーをどうするかについてよ。追加したい候補者がいるの」

その言葉に、一同の顔つきが変わった。

「追加って……クロエがピックアップしてくれた候補者に加えるってこと？」

「ええ。今現在、美奈兎とソフィア先輩の二人が前衛で、柚陽が後衛。バランスを考えれば、次は後衛をもう一人選ぶのが妥当なんだけれど……」

それはわかる。

チーム構成は前衛三人に後衛二人というのが最もスタンダードなタイプだ。

「理想を言えば、遊撃担当が一人ほしいところなの」

「遊撃と言いますと……前衛も後衛もこなせる人ですね？」

「そう。ただしそれだけに貴重だし、有能な人材はほとんど残っていないのが現状よ。仮に居たとしても、そんな人は美奈兎たちのチームに入るメリットがない」

「うう……」

聞いていて悲しくなってくるが、事実は事実だ。

「ただ、ソフィア先輩がチームに入ってくれたおかげで少しだけ状況は改善されたわ。問題はあっても、未だに先輩のネームバリューは強い。もしかしたら……」

「どなたか、心当たりがありますの？」

当の本人であるソフィアがそう訊《たず》ねると、クロエはゆっくりうなずいた。

「正直、それでも説得は難しいと思いますが……当たってみる価値はあると思います」

クロエが光学キーボードを操作すると、空間ウィンドウに一人の少女のデータが表示される。

「えーと、名前は——ニーナ・アッヘンヴァル？」

いかにも気弱そうなその表情は、今にも泣き出しそうに見えた。

＊

「へー……ここが治療院かぁ」

アスタリスクにおける医療拠点——中央区に居を構える治療院を見上げながら、美奈兎《みなと》は感心したようにつぶやいた。

その院長は『死にたてだったら連れ戻す』ことが可能と言われるほどの腕前で、実際に《星武祭《フェスタ》》における参加選手の死亡率が極めて低い数字で抑えられているのも、最先端の医療技術と治癒能力者を揃《そろ》えたこの治療院あってこそだ。

「美奈兎さんは治療院に足を運ばれたのは初めてですか？」

「うん。だってちょっとした怪我《けが》なら学校の医務室で十分だし」

柚陽《ゆずひ》の問いかけに、大きくうなずいてみせる美奈兎。

「確かに治療院にかかるということはよほどの大怪我——でも、それはつまりアッヘンヴァルさんもそうなのでしょう？　そんな方のところへいきなり押しかけるというのもどうかと思いますけれど？」

ソフィアがそう苦言を呈すが、クロエは構わず治療院の中へと歩みを進めながらそれに答えた。

「すでにお伝えしたように、ニーナ・アッヘンヴァルは怪我で入院しているわけではなく、星辰力切れ《プラーナアウト》で意識を失っていただけです。もう意識も回復しているようですし、話をするくらいなら問題ないでしょう」

「でも、随分長い間意識が戻らなかったのですよね？」

柚陽も心配そうに眉を顰《ひそ》める。

「――一ヶ月程度昏睡《こんすい》状態だったと聞いているわ」

「それって……ちょっと普通じゃないよね」

《星脈世代《ジェネステラ》》は星辰力を使い切ってしまうと意識を失ってしまう。

が、大抵の場合は一日二日で回復するものだ。

それが一ヶ月も意識が戻らなかったというのは尋常ではない。

「《魔女《ストレガ》》や《魔術師《ダンテ》》は、能力を限界以上に使用することでそうなるケースがあるらしいわね。私も詳しくは知らないけれど」

クロエはそう言いながらも受付の端末で手早く面会手続きを済ませている。

「限界以上、か……よっぽど頑張っちゃったのかなあ」

ニーナ・アッヘンヴァルはクインヴェールの中等部に所属する十五歳。《戦札の魔女《ベルム・アルカナ》》の二つ名を持つ《魔女》であり、序列四十七位に名を連ねている。

今年の《鳳凰星武祭《フェニクス》》に出場した際、試合途中で星辰力切れになって治療院へと運ばれたらしい。

「珍しいケースだからか、回復後も検査やらなにやらで随分入院が長引いたようだけど、すでに退院の日取りも決まっているそうよ」

クロエに先導され、エレベーターを経由して入院棟へ。

――気が付けば季節は秋本番。

先の《鳳凰星武祭《フェニクス》》からは二ヶ月近い時間が経過している。

「まあ、詳しい話は本人から聞いたほうが……ああ、ここね」

やがて部屋番号を確認しながら歩みを進めていたクロエがそう言って足を止めた。

入院棟の廊下には等間隔で個室が並んでいるが、その部屋は扉が開け放たれたままになっている。

先客がいるのだろう。中からは話し声が漏れ聞こえてきた。

もしそうだとしたら、出直したほうがいいだろうか。

美奈兎《みなと》がそんな風に考えつつも、部屋を覗《のぞ》き込んだその瞬間。

「――なんで!?」

ふいに悲痛に満ちた声が響き、美奈兎は思わず身を竦《すく》ませた。

「わ、わたし、がんばったよ？　ちゃんとサンドラに言われた通り、必死で――！」

「がんばった？　それがどうしたって言うの？　《星武祭《フェスタ》》は結果が全て。勝てなければ意味がないでしょ？　そして――あなたはそれができなかった」

それに対するは、穏やかだがどこか不穏な色を滲《にじ》ませた声。

そっと部屋の奥へと視線を向ければ、ベッドの上で上半身だけを起こした少女が、その脇に立つ細身の女性にすがっている。

「うぅ……ご、ごめんなさい……。で、でも！　だったら、この次は……！」

「悪いけど、次なんてないの」

「え……？」

にっこりと笑みを浮かべた女性の言葉に、少女の表情が凍りついた。

「わざわざ私が出向いてきたのも、それを伝えるためよ。私は新しい力と駒を手に入れた。だからもう、あなたは必要ないの」

女性は張り付いたような笑顔のままそう言うと、すがりつく少女の手を軽く振り払う。

「なにを……言ってるの？　ねえ、サンドラ、嘘《うそ》でしょ？　嘘だよね？」

少女はわなわなと震えながらも、その言葉を受け入れまいと弱々しく首を左右に振った。

その瞳には大粒の涙が浮かんでいる。

だが、女性はそんな少女を見下ろしたままなにも応えない。

「だ、だってだって！　わたしたちお友達でしょ？　サンドラはいつもわたしにあんなに優しくしてくれて……！」

「そうよ。あなたがそれを望んだから」

「じゃあ……！」

「でも、それはあなたにそれだけの価値があると思ったからよ。ただ、結果はそうじゃなかった。だから今の私にはあなたの友達を続ける意味がない。あなたはもう、いらないの、」

「――っ！」

少女の目が見開かれ、そこに絶望が広がるのがわかった。

「じゃあね、ニーナ」

女性はそう言って少女に背を向けると、軽く手を振って扉の――つまり美奈兎《みなと》たちのほうへと歩いてくる。

その時には、すでに美奈兎の怒りは頂点に達していた。

理由は知らないものの、今のやりとりだけでこの女性が少女を酷《ひど》く傷つけたのはわかる。

部外者なのは重々承知の上で、一言言ってやらないと気がすまない。

「ねえ、ちょっ――もがっ⁉」

が、そこまで言いかけたところで、背後から伸びてきた手が美奈兎の口を覆い、廊下へと引き戻した。

女性はちらりと美奈兎たちに視線を向けたが、それ以上は特に気にする様子もなく去っていく。

女性の姿が見えなくなって、ようやく美奈兎は解放された。

「クロエ！　ソフィア先輩！　いきなりなにするの！」

美奈兎の口を封じたのは、クロエとソフィアの二人だった。

「……あなたこそ、なにをしようとしていたの？」

「なにって、あの人に一言言ってやろうと……」

　クロエの問いかけにそう返すと、クロエとソフィアは仲良く揃《そろ》って溜《た》め息《いき》を吐き、顔を押さえる。

「その正義感は素晴らしいと思いますけれど、少々蛮勇が過ぎますわ。あの方をご存じありませんの？」

「え？　有名人なの？」

　まったく知らない顔だったので首を傾《かし》げると、クロエが呆《あき》れた声で言った。

「自分の学園の《冒頭の十二人《ページ・ワン》》くらい覚えておきなさい。彼女はサンドラ・セギュール。《水龍《ガルグイユ》》の二つ名を持つ、序列七位よ」

「七位っ⁉」

　さすがにそれは驚いたが、それでも美奈兎《みなと》は果敢に言い返す。

「でも、いくら序列が高くたってあんなの許されないよ！　少なくても、あたしは許せない！」

「……そうね。あなたならそう言うだろうと思ったわ。あの時もそうだった」

　クロエがほんの少しだけ懐かしむかのようにそうつぶやいた。

「ただし彼女はヴァイオレット・ワインバーグほど甘くないわ。仮にあなたが突っかかっていったら、彼女は容赦なくあなたを叩き潰したはずよ」

「ええ、あの方ならそうするでしょうね」

「確かに、少し不穏な空気を纏《まと》った方でした……」

クロエの言葉にソフィアがうなずき、柚陽《ゆずひ》までもが同意する。

「だ、だからって……！」

美奈兎が更に言い返そうとしたその時。

「だ、誰……？　そこに誰かいるの……？」

部屋の中から、ややかすれた声が投げかけられた。

美奈兎はとっさに口を閉じて首を竦《すく》めるが、ここまできて隠れていても仕方がない。

おずおずと美奈兎たちが顔を覗《のぞ》かせると、ベッドの上で怯《おび》えたようにシーツを掻き抱く少女の姿があった。

今更ではあるが、この少女がニーナ・アッヘンヴァルで間違いないだろう。

「え、ええっと、どうも……」

なんと声をかけていいのかわからず曖昧に頭を下げると、ニーナはシーツを被るようにして更に怯えてしまう。

「あ、あなたたちは……？」

「あたしは美奈兎。若宮《わかみや》美奈兎。それでこっちがクロエでこっちが柚陽。で、この人はソフィア先輩」

簡単にもほどがある紹介だったが、さすがにソフィアの顔は知っていたのか微《かす》かな驚きがニーナの顔に浮かぶ。

が、それでもまだまだ圧倒的に警戒の色が強く濃い。

「わ、わたしに、なにかご用……なの？」

「ああ、うん……えーと、そうなんだけど……」

さっきのサンドラとのやり取りを見てしまった以上、どう切り出すのが正解なのか美奈《みな》兎《と》にはさっぱりわからなかった。

とはいえ、ここでしり込みしていても進まない。

それにどうせ美奈兎には直球勝負以外の選択はないのだ。

「ニーナ・アッヘンヴァルさんだよね？　あたしたちは、あなたをチームに誘いにきたんだ」

「……チーム？」

「うん。今度の《獅鷲星武祭《グリプス》》で、あたしたちと一緒に闘ってもらえないかなって」

その言葉を聞いた途端、ニーナの瞳に様々な感情が駆け巡るのがわかった。

驚愕《きょうがく》と歓喜、期待と恐怖、困惑と逡巡《しゅんじゅん》、しかし最後に残ったのは——

「……出てって」

不信だった。

「え？」

「出てって！　どうせあなたたちも、わたしを利用したいだけなんでしょ！　それで、いらなくなったら捨てるんだ！　サンドラみたいに！」

ニーナはぼろぼろと涙をこぼしながらそう言うと、ついにシーツに潜り込んでしまう。

「あ、あの……！」

なおも言葉を続けようとした美奈兎の肩に柚陽《ゆずひ》の手が置かれた。

振り返ってみると、神妙な表情の柚陽がゆっくりと首を横に振る。

「……うん」

確かに今はこれ以上なにを言ってもニーナに届くことはないだろう。

美奈兎は深々と頭を下げると、踵《きびす》を返して部屋を後にした。

＊

「おやおや、どうしたのご一同。随分ぐったりとしてるじゃない」

「あはは……ちょっとね」

チェルシーの声に顔を上げて力のない笑みを返した美奈兎は、すぐにまたテーブルへと突っ伏した。

治療院を出た美奈兎《みなと》たちはこの先どうするか話し合うべくマコンドへとやってきたのだが、テーブルに着くなりどっと精神的な疲労が押し寄せてきたのだ。

「……正直、最悪のタイミングだったわね」

注文をとったチェルシーが去っていくと、まず口を開いたのはクロエだった。

「うー、なんなのあのサンドラって人はー！」

美奈兎が突っ伏したまま手足をばたばたとさせて抗議するが、それを鮮やかにスルーしながら柚陽《ゆずひ》がすっと手を挙げる。

「あの、私もあの方をよく知らないのですが……どのような方なのでしょう？」

「サンドラ・セギュールは先月《冒頭の十二人《ページ・ワン》》に昇格したばかりですからね。その前の序列は確か……二十位そこそこくらいだったかしら」

「ええ。先月までは、それなりに優秀な学生といった程度でしかなかったわ」

ソフィアの言葉にクロエがうなずき、携帯端末を操作して空間ウィンドウを開く。

「それがいきなり《冒頭の十二人》に昇格できた理由……それがこれよ」

空間ウィンドウに映し出されたのは、主に学内のニュースを扱う報道系クラブのサイトだ。そこにはあの笑みを浮かべるサンドラが、高々と洋扇らしきものを掲げる姿が載っている。

「――クインヴェールの学有純星煌式武装《オーガルクス》《グレールネーフ》。彼女はその使い手に選ばれたの」

「純星煌式武装……！」

その言葉に美奈兎もがばっと顔を上げた。

純星煌式武装とは極めて純度の高いマナダイトであるウルム＝マナダイトをコアに使用した煌式武装《ルークス》のことだ。

その性能は一般的な煌式武装とは比較にならず、《魔女《ストレガ》》や《魔術師《ダンテ》》のような超常的な力を秘めているとされる。例えば先の《鳳凰星武祭《フェニクス》》で大暴れしたレヴォルフの学有純星煌式武装《覇潰の血鎌《グラヴィシーズ》》は重力制御の力を有していた。

もっとも、純星煌式武装は強力なだけに誰にでも使えるというものではない。

適合率と呼ばれる数値が低ければ力を引き出すことはできないし、うまく使い手になれたとしても「代償」と呼ばれる様々なマイナス要因を引き受けなければならない。

「《グレールネーフ》は水を操る洋扇型の純星煌式武装……それがよほど性にあっていたのでしょうね。今のサンドラ・セギュールは名実共にうちの学園のトップランカーよ」

「……そんなの武器が強いだけじゃん」

美奈兎が不満そうに口を尖《とが》らせると、ソフィアがふるふると首を振る。

「そうとも言い切れませんわ。あの方はもともと後衛メインの指揮官タイプ。本来チームやタッグを組んでその真価を発揮する類の方です。それでも単独で序列入りしていたのですから、基礎スペックも十二分に高いはずですわ」

「タッグと言えば……先の話からすると、サンドラ・セギュールさんとニーナ・アッヘンヴァルさんは、タッグを組んで《鳳凰星武祭《フェニクス》》に出場されていたということでしょうか？」

「そうよ。《鳳凰星武祭》の頃はまだ純星煌式武装《オーガルクス》を手にしていなかったけれど……」

するとと空間ウィンドウが試合映像に切り替わる。

試合ではサンドラが指示を出し、ニーナが懸命にそれに応える様子が映っていた。

「ただ、サンドラ・セギュールは《グレールネーフ》の使い手に選ばれて以降、次の目標を《獅鷲星武祭《グリプス》》に定めたようで、新しく仲間を集めてチームを作ったの。——そのチームに、ニーナ・アッヘンヴァルの名前はなかったけれど」

「……」

その言葉に、美奈兎《みなと》はぐっと拳を握り締めた。

「でも、だからこそクロエさんは彼女を勧誘できると考えたのでしょう？」

「……それは否定しないわ」

柚陽《ゆずひ》の言葉にクロエは平然とうなずいてみせる。

「でも、どういたしますの？　あの様子ですと、彼女を説得するのはかなり難しいと思いますわよ。確かに《魔女《ストレガ》》としての能力自体は魅力的ですけれど……」

「彼女は自分の能力をまだ上手《うま》く使いこなせていません。いわば宝の持ち腐れです。サンドラ・セギュールもそこに目を付けたのでしょうが、上手くいかなかったようですね」

「だとしたら、別に彼女に拘《こだわ》らなくとも……」

そんなソフィアとクロエの会話を遮るように、ばんっという強い音が店内に響いた。

美奈兎が机を叩いて、立ち上がったのだ。

「──あたしはそんな決め方は嫌」

そして一度短く押し黙ってから、口を開く。

「能力とか、強さとか、勝つためにはそういうのも大切なんだろうけど……でも、それだけで決めるのは嫌だ。それじゃあの人と同じになっちゃう」

「……だったら、あなたはどんな理由で彼女を選ぶの？　まさか同情？　だとしたら、予《あらかじ》め言っておくけど碌《ろく》な結果にはならないわよ」

「うっ……！　そ、それは……」

クロエの鋭い言葉に美奈兎は一瞬怯《ひる》んだが、必死に言葉を探して先を続けた。

「もちろん、そういった気持ちがないわけじゃない……と思う。ただ、それだけじゃなくて、もっとこう……」

だが、それを上手く説明することができない。

──と。

「でしたら、もう少し彼女と話をしてみるのはどうでしょう？」

唐突に柚陽《ゆずひ》がぽんと手を叩き、そう言った。

「データだけでも感情だけでも納得できないというなら、踏み込んでみるしかありませんから」

にっこりと笑う柚陽の言葉を受け、美奈兎《みなと》ははっとした顔でクロエを見る。

「……好きになさい。今更それを止めるつもりはないわ」

「ありがとう、クロエ！」

嬉《うれ》しそうに飛び跳ねる美奈兎に、諦め顔のクロエが付け加えた。

「ただし、これだけは覚えておいて。もう《獅鷲星武祭《グリプス》》まで一年を切っているわ。できるだけ早くメンバーを集めてチームを始動させないと間に合わない……長々と悩んでいる時間はないわよ」

「……うん、わかってる」

美奈兎は真剣な表情でそう応えた。

＊

「退院おめでとう、ニーナちゃん」

「……あ、ありが……とう」

美奈兎が治療院の前で退院祝いの花束を差し出すと、ニーナは困惑した表情を浮かべながらもおずおずとそれを受け取った。

「……また、来たの？」

「うん。もう少しニーナちゃんと話をしたくって」

「ニーナちゃんって……」

ニーナは鼻白んだ様子だったが、そのまま美奈兎の横を通り過ぎるようにして歩き出した。美奈兎は少し遅れる形でその後を追う。

「わ、わたしはもう騙《だま》されないんだから……！」

「別に騙そうなんて思ってないんだけどなあ」

「嘘《うそ》！　そうじゃなきゃわたしになんか声をかけてくるはずないもん……！」

そう言って牽制《けんせい》するニーナは、まるで警戒心の強い子犬のようだ。

「わ、わたしなんか……だから、きっとサンドラだって……」

するとニーナは足を止め、ぐすぐすと鼻を鳴らす。

「……ねえ、ニーナちゃんはなんでアスタリスクに来たの？」

美奈兎はニーナに追いつくと、その顔を覗《のぞ》きこみながらそう言った。

「え……？」

いきなりの質問にニーナは面食らったような表情で、美奈兎を見返す。

ニーナはしばらく探るような目つきで美奈兎《みなと》の顔をまじまじと見ていたが、特に裏はないだろうと思ったのか、小さな声で答えた。

「……わ、わたしは……お金が稼げればって……少しでもお父さんとお母さんの役に立てればって……」

「へぇ……偉いなあ」

アスタリスクで活躍すれば、それこそ一攫千金《いっかくせんきん》も夢ではない。

統合企業財体の支配システムは常に一定数の貧困層を世界に強いるため、そういった家族にとって《星脈世代《ジェネステラ》》の子どもはある種の希望でさえあった。ニーナの家もひょっとしたらそんな家庭の一つなのかもしれない。

「あたしはね、月に行きたいんだ」

「月……？」

きょとんとした顔のニーナ。

この話をすると、皆が同じような顔をする。それだけ荒唐無稽な話なのだろう。

苦笑しながらも自分の夢を語ってみせると、ニーナはぼそりとつぶやいた。

「そんなの、無理に決まってるのに……」

「そうかな？　でも《星武祭《フェスタ》》で優勝すればわからないよ？」

「そ、それが無理だって言うの！　本当に、本気で優勝できるって思ってるの？」

ニーナが少しむきになって美奈兎を見上げてくる。

「うーん、そりゃあ絶対にできるとは思わないけど……」

美奈兎は鼻の頭を掻きながら続けた。

「でも、絶対にできないとも思わないかな。だからがんばれるんだよ」

「……」

するとニーナはぷいっと視線を逸《そ》らすと、再び小さな声でつぶやいた。

「ご、五十連敗もしてたくせに……」

「うっ！　そ、それを言われると……って、あれ？　ニーナちゃん、あたしのこと知ってたの？」

「……し、調べたの。他の人のも……」

「へぇ、そっかそっか」

少しでも興味を持ってくれたのであれば、目がないわけでもなさそうだ。

「でも、だからわたしにもわかるもん。ソフィア・フェアクロフ先輩だけはちょっと違うけど、他の人は全然無名だし……そんな人たちが集まったって優勝なんてできるはずないもん」

「うう、シビアな意見だなあ……」

美奈兎としては苦笑するしかない。

「あ、でもでも！　だからこそ、そこにニーナちゃんが加わってくれれば、きっとすごい相乗効果で……」

「わたしなんかが入ったところで、どうせ――」

溜《た》め息《いき》交じりにそうつぶやいたニーナが、しかしはっと顔を上げた。

「……？　ニーナちゃん？」

どうしたのかと思って声をかけてみても反応がない。

「……」

が、やがてニーナは真剣な目で美奈兎《みなと》の瞳を見つめてきた。

「もし……もし、本当にわたしが入って、あなたたちのチームが強くなれるなら……だったら、わたしはもう一度騙《だま》されてあげてもいいよ。でも、その代わり――」

そこでニーナは一瞬迷ったように言葉を切り、ぐっと唇を噛んでから意を決したように口を開く。

「彼女の……サンドラのチームに勝ってほしいの！」

第六章　チーム・メルヴェイユ

美奈兎が再度ニーナと話をするために出かけた、その翌日。

「――で、まさかそれを引き受けたのじゃないでしょうね？」

「ええっと、まあ、その……」

クロエの心底呆《あき》れ果てたといったその口調に、美奈兎は露骨に視線を逸《そ》らしながら言葉を濁した。

「はぁ……まったくニーナ・アッヘンヴァルも無茶《むちゃ》な注文をしてくれるものだわ。まさかサンドラ・セギュールのチームに勝てだなんて」

いつものカフェ・マコンドのテーブル席。

最近では美奈兎たちの指定席になってきた感もあるが、クロエだけではなく柚陽《ゆずひ》やソフィアも困ったような苦笑を浮かべてそんな美奈兎を見ている。

「いい、美奈兎。この前も言った通り、サンドラ・セギュールの実力は本物よ。そして、そのチームメイトも」

クロエはそう言うと、携帯端末を取り出して空間ウィンドウを開いた。

そこに映し出されたのは、三人の少女。

エキゾチックな褐色の肌を持つその少女たちは、身長こそ違うものの顔立ちがよく似通っている。

「序列十二位のパドマ、十七位のスバシニ、二十二位のディヴィカ……彼女たちセティ三姉妹は個々の実力もさることながら、その連携攻撃は恐ろしいほど巧みで隙《すき》がないわ。そして残りの一人はあなたもよく知っているはず」

そう言ってクロエが端末を操作すると、三姉妹のデータが消えて新たに見覚えのある顔がそこに映し出された。

「え……？　これって……ヴァイオレットさん!?」

かつて美奈兎《みなと》と決闘したヴァイオレット・ワインバーグは元序列三十五位。《崩弾の魔女《オーヴァアリーゼル》》の二つ名を持つ、遠距離攻撃に秀でた《魔女《ストレガ》》だ。

美奈兎もクロエのアドバイスがあったからこそ勝てたものの、再戦となればどうなるかわからない。

「五人中二人が《冒頭の十二人《ページ・ワン》》……そして他の三人も十分な実力者。これがサンドラ・セギュールのチームよ。しかも彼女たちは打倒ルサールカを宣言して憚《はばか》らない」

ルサールカとはクインヴェールを代表するガールズロックバンドであり、あの稀代《きたい》の歌姫シルヴィア・リューネハイムに次ぐ人気を誇っている。同時に前回の《獅鷲星武祭《グリプス》》においてベスト八に入ったチームでもあった。

「それだけ自分たちの実力に自信があるということですわね」

ソフィアの言葉に、クロエがうなずく。

「で、でも、わたしたちの目標は《獅鷲星武祭》の優勝だよね？　だったら、どんな相手だって尻込みしてちゃダメなんじゃないかなって思うんだけど……」

「それはあくまで最終目標であって、これから《獅鷲星武祭》まで必死に訓練を重ねた先の話よ。第一、それ以前の話として――」

クロエはそこまで言うと、盛大な溜《た》め息《いき》を吐いてから続けた。

「あなたたちのチームは、仮にニーナ・アッヘンヴァルを加えたとしてもまだ四人。あと一人足りないじゃない」

「う……」

もちろんそれは美奈兎もわかっていたことだ。

「まあ、そういうわけだから……あそこで覗《のぞ》いてる本人にもそれを伝えてあげなさい」

「え……？」

その言葉に美奈兎が振り向くと、美奈兎たちがいるテーブルとは反対側の窓の向こうに、おっかなびっくりといった感じでこちらを覗き見ているニーナの姿があった。

「ニーナちゃん……？」

そういえば昨日、自分たちは大抵このカフェにいると伝えていたのを思い出す。

「っ！」

美奈兎《みなと》たちが一斉に目を向けたのでニーナは慌てて姿を隠したが、美奈兎は急いで店を飛び出した。

「ニーナちゃん！」

「あぅ……」

あたふたとしながら逃げ出そうとしていたニーナの背中に美奈兎がそう声をかけると、気まずそうな表情で振り向く。

それから一度口を開きかけ、すぐに閉じて視線を落とした。

「……」

そのまましばらく押し黙った後、ようやくニーナは小さな震える声で言った。

「……き、昨日の返事、聞きにきたんだけど……」

「あー……と、うん。じゃあ、とりあえず入って。話はそれからってことで」

美奈兎はそう言うと、ニーナの肩へ手を回して席へと戻る。

途中、ニーナが躊躇《ためら》って足を止めそうになるのがわかったが、敢《あ》えてなにも言わず、ただ肩へ置いた手にほんの少しだけ力を入れた。

「先日はどうも……改めまして、蓮城寺柚陽《れんじょうじゆずひ》です」

まず真っ先に立ち上がり、深々とお辞儀をしたのは柚陽。

「ごきげんよう。ソフィア・フェアクロフですわ」

「……クロエ・フロックハートよ」

続いてソフィアとクロエが挨拶をすると、ニーナもおずおずと会釈をする。

「それで美奈兎。ちゃんと話したの？」

「いや、それがその……」

言いよどむ美奈兎。

が、そこへ柚陽がやんわりと割って入った。

「そういえば、映像で拝見しましたが……ニーナさんの能力、随分と変わったものでしたね。複雑そうと言うか……」

「あ、そうそう！　あたしもそれは思った！　確かトランプみたいな感じだったよね？」

渡りに船と美奈兎もそれに乗っかる。

「う、うん……」

ニーナは明らかに警戒しつつも、小さくうなずいた。

クインヴェール女学園序列四十七位ニーナ・アッヘンヴァルこと《戦札の魔女《ベルム・アルカナ》》。

その能力は攻守両立のオールマイティなものだが、使用制限やバランスから極めて扱いが難しい――とクロエは語っていた。

ニーナ本人も使いこなすことができず、持て余していると。

それこそがニーナ・アッヘンヴァルの欠点なのだと。

「でも、わたしは……まだ上手《うま》くこの力を使えなくて」

どうやら本人にもその自覚はあるらしい。

しょんぼりとうなずきながら、そうつぶやく。

「あ、で、でもね！　サンドラはわたし以上に上手にこの能力を使ってくれたの！」

が、すぐに顔を上げると、ニーナは悲しげな笑顔でそう言った。

《鳳凰星武祭《フェニクス》》で負けたのだって、わたしがサンドラのオーダーをちゃんとこなせなかっただけで……！」

「──だったらニーナ・アッヘンヴァル、あなたはどうしてサンドラ・セギュールとの勝負を望むのかしら？」

「えっ？」

唐突に、クロエが鋭い視線を──それこそ睨《にら》むようなそれをニーナへ向ける。

「もしかして、彼女への意趣返し？」

「そっ……そんなことないもん！」

ニーナは一瞬言葉を詰まらせたが、すぐにむきになったように言い返す。

「では、一体どういう理由で？」

「そ、それは……」

ニーナはクロエの視線から逃げるように視線を下げる。

「──認めてほしいのでしょう？」

苛立《いらだ》ちを含んだ溜《た》め息《いき》と共に、クロエが吐き捨てるように言った。

「クロエ……？」

その暗い響きに、美奈兎《みなと》は驚いてその顔を見る。

表情こそいつもと変わらないが、そこに込められた感情は美奈兎が先走った時などに向けられるそれとは完全に異質だった。

（このクロエの感じ……前にも一度あったような……）

確か美奈兎たちが夢について話していた時だったろうか。

「もう一度、サンドラ・セギュールに振り向いてもらいたいのでしょう？　彼女と闘い、勝利することで再び認めてもらいたいのでしょう？」

「──っ！」

その言葉にニーナの目が見開かれ、見る間に涙が溢《あふ》れてくる。

「ち、ちがっ……わ、わたしは……」

それでもクロエは止まらない。

「自分がただの道具にすぎなかったという事実を覆したいのでしょう？」

「うぐっ……うえええええええん」

追い討ちのようなその一言で、ニーナはついに泣き出してしまった。

「ちょ、ちょっと、クロエ！　いくらなんでも言いすぎだよ！」

慌ててニーナを庇《かば》うように美奈兎《みなと》が割り込むが、クロエは黙ったままわずかに視線を外すだけで謝ろうともしない。

「そ、そうですわよ！　いきなりそんな不躾《ぶしつけ》な……ああ、ほら、いい子だから泣きやんでくださいまし！」

おろおろとしながらも、ソフィアがニーナを宥《なだ》める。

「私はなにも間違ったことを言ってないわ」

「クロエ……」

「……自覚がないのは無様だし、なにより本人が辛いだけよ。ましてや……」

クロエが奥歯を噛み締めるように搾り出したそのつぶやきは、しかしあまりにも小さく全てを聞き取ることはできなかった。

「自覚……？」

が、クロエは泣き続けるニーナをじっと見つめた後、心を落ち着かせるようにゆっくりと目をつむり、また開く。

――そして。

「いいわ。ニーナ・アッヘンヴァル、あなたの願いを聞き届けてあげる。そして現実を思い知りなさい」

「え……？」

「ふぇ……？」

クロエの発言に、一同の視線が集まる。

ニーナも涙を拭いながら、不思議そうな顔でクロエを見上げる。

「で、でも、さっきまでクロエはあんなに無理だって……」

「私はその条件の厳しさを説いただけで、絶対に不可能だとは言っていないわ」

「ということは、勝ち目があるの？　でも、そもそも五人目の件は……」

当然の疑問を美奈兎が向けると、クロエは眉間に深い皺《しわ》を刻みながら苦々しげに答えた。

「今回だけ――」

「え？」

「今回だけは、私も手伝ってあげる」

＊

――《冒頭の十二人《ページ・ワン》》専用のトレーニングルーム。

「こ、ここですの！」

やや焦りを含んだヴァイオレットの声と共に、無数の砲弾がその正面――こちらに向かってくる三人の人影に向かって放たれる。

しかし三人の人影はそれをあっさり潜り抜けると、一気にヴァイオレットとの距離を詰めてきた。

「ぐぬぬ……〝白幕の崩弾《ウイリーピート》〟！」

仕方なくヴァイオレットは自分の足元に新たな砲弾を撃ち付ける。

と、同時にそこから猛烈な勢いで煙幕が立ち上った。

ヴァイオレットはそれに紛れて距離を取り、体勢を立て直そうと図ったのだが――

「甘い甘い、ぜーんぜん甘いよヴァイオレットちゃん！」

背後からそんな楽しそうな声が聞こえたかと思うと、巨大なハンマー型の煌式武装《ルークス》を振り上げた少女――セティ三姉妹の三女ディヴィカがけらけらと笑いながらそれを振り下ろしてくる。

「ひっ……！」

小さな悲鳴を上げながらもなんとかそれをかわしたヴァイオレットは転がるようにして逃げ出すが、その眼前に煌《きらめ》きが一閃《いっせん》したかと思うと、煙幕が真一文字に斬り払われる。

「なっ⁉」

「生憎《あいにく》とこちらは通行止めだ、ヴァイオレット」

そこには三叉矛を構えた三姉妹の長女パドマが不敵な笑みを浮かべていた。

「あ……」

そしてヴァイオレットが思わずその足を止めた途端。

「……チェックメイトです」

音もなく忍び寄った三姉妹の次女スバシニが、ヴァイオレットの喉元に短刀型の煌式武装を突きつけていた。

「──はい、そこまで」

ぱんぱんと手を打つ音が響き、脇で見ていたサンドラが柔和な笑顔を浮かべて前に出る。

「はぁ……」

へなへなと座り込むヴァイオレットと、煌式武装を準備状態へと戻す三姉妹。

「パドマ、スバシニ、ディヴィカ、相変わらず見事な連係だったわ。敢《あ》えて言うなら、パドマが足止めに出るタイミングはもう一呼吸早くても良かったわね。場慣れしている相手なら、あの一瞬でも体勢を立て直してしまうから」

「心得た」

サンドラの言葉に、パドマが素直にうなずく。

「ヴァイオレットはとにかく手数に頼るのをやめなさい。有象無象の雑兵相手ならともかく、パドマたちのような手練相手では通じないわ。数を絞って、その分命中精度を上げないと牽制《けんせい》にもならない」

「そ、そうは言いましても、三対一ではこちらが不利すぎですわ」

サンドラが差し出した手を取って立ち上がりながら、口を尖《とが》らせる。

「《獅鷲星武祭《グリプス》》では後衛を狙って複数の攻撃手が速攻を仕掛けてくるのはよくある戦法だもの、対応できるようになってもらわないと」

「で、ですけれど……」

ヴァイオレットはまだ不満そうだったが、サンドラはその肩に両手を置くと、うっとりするような優しい声でそっと囁《ささや》いた。

「いい、ヴァイオレット。あなたは私たちのチームの要なの。あなたが成長してくれなければ、私たちはとても《獅鷲星武祭》の激戦を勝ち抜くことはできないし、ルサールカにも勝つことはできないわ。本当に期待しているのよ？」

「っ！　……そ、そこまで言われたら仕方ありませんわね」

するとヴァイオレットはたちまちに機嫌を直し、照れ笑いを浮かべながら胸を張る。

「ええ、よろしく頼むわね」

サンドラがそう言ってにっこり微笑《ほほえ》んだところで、その内ポケットの携帯端末が着信を知らせた。

「ちょっと失礼」

携帯端末を取り出したサンドラの前に、小さな空間ウィンドウが開く。どうやらメールのようだ。

それに目を通したサンドラの口元が、僅かに歪《ゆが》む。

「およ？　どうかしたの、サンドラちゃん？　なんか良い知らせ？」

ディヴィカの問い掛けに、サンドラが小さく首を振る。

「ふふふ……違うわ。チーム戦の練習試合を申し込みたいんですって」

「練習試合？　私たち相手にか？」

ドリンクを飲んでいたパドマが意外そうに言った。

確かに結成したばかりとはいえ、このチームはクインヴェールの中でも屈指の強豪チームと言っていい。そうそう挑んでくるようなチームはないはずだ。

無論、練習試合だからこそ強い相手と闘いたいという考え方もあることはあるが、あまりに実力差がある場合は受けるこちらにメリットがない。同じ学園のチームとは言え、《獅鷲星武祭》で当たらないとも限らないし、そうなれば手の内を晒《さら》すだけ損と言える。

アスタリスクの学生であれば、そのくらいは皆心得ているはずだった。

「ええ、少々意外な相手からだったけど……私は受けようかと思うわ」

「……理由は？」

「相手チームに、ソフィア・フェアクロフの名前があるのよ」

スバシニの問いに、サンドラは携帯端末をしまいながら答える。

「ほう。それは面白いな」

「堕《お》ちたりとはいえ、彼女の名前はまだまだ大きい。ルサールカに挑む前の景気づけとしては、ちょうどいいと思わない？」

言ってサンドラは、腰のホルダーから取り出した《グレールネーフ》を起動させた。

優雅な洋扇型の純星煌式武装《オーガルクス》のウルム＝マナダイトが青い輝きを放ち、虚空から青々とした水が溢《あふ》れ出す。その水流はしかし地に落ちることなく、まるで龍のようにサンドラの周囲を取り巻いた。

「お望み通り——存分に叩きのめしてあげるとしましょう」

＊

「しかし練習試合でチーム戦とは珍しいよね」

「チーム・メルヴェイユってあれでしょ？　あのサンドラ・セギュールがリーダーの」

「もう一方は……チーム・赫夜《かぐや》？　聞いたことないけど……」

「あ、でもほら！　チームメンバーにソフィア・フェアクロフって！」

「それにこの若宮美奈兎《わかみやみなと》って、あの連敗記録の……」

「あー、ヴァイオレット・ワインバーグに勝って序列入りした……二つ名は確か《拳忍不抜《けんにんふばつ》》だったっけ？」


クインヴェール女学園の総合アリーナ。

その片隅で美奈兎たちが準備を整えていると、様々な声が観客席から聞こえてくる。

「まったく、好き勝手言ってくれますわね……」

ソフィアはそう言うと、呆《あき》れ顔でぐるりと視線を巡らせた。

アリーナの観客席は満席。公式序列戦でもなければ序列の変動もない、いわばただの野試合としては破格の盛り上がりだが、当然ギャラリーの目当ては美奈兎たちではなくサンドラたちチーム・メルヴェイユだ。

なにしろその内二人は《冒頭の十二人《ページ・ワン》》。他も全員がリスト入り級の実力者となれば、注目が集まるのも無理はない。

「外野のことよりも試合に集中してください、ソフィア先輩」

「えっ、あっ、ご、ごめんなさい……！」

そう注意すると、ソフィアがしゅんとした顔で項垂《うなだ》れる。

クロエはそのままぐるりと皆を見回すと、淡々とした口調で言った。

「この一週間、付け焼刃程度には連係の練習をしてきたけれど、当然彼女たちに通じるようなレベルではないわ。現状、私たちが勝てる確率は相当低いと言わざるを得ないでしょうね」

「それでもやるっきゃないんだから、全力でぶつかるまでだよ！」

がつんとナックル型の煌式武装《ルークス》をぶつけ合わせ、気合を入れる美奈兎《みなと》。

「……なんであなたはそんなに楽しそうなのかしら？」

クロエが呆《あき》れ顔でそう問うと、美奈兎はいつにも増して晴れやかな笑みで答えた。

「だって、五人揃《そろ》って闘えるんだよ？　柚陽《ゆずひ》と、ソフィア先輩と、ニーナちゃんと……なによりクロエも！　そんなの楽しみに決まってるじゃん！」

「――念を押しておくけれど、あくまで私があなたたちと闘うのはこれっきりよ」

「うぐ……！　そ、それはわかってるけど……」

クロエの鋭い視線を受け、美奈兎が鼻白んだ様子で視線を落とす。

「まったく……」

溜《た》め息《いき》を吐《つ》くと、クロエの脳裏に先日の記憶が蘇った。


深夜、クロエの自室。

月明かりだけが照らす部屋には、真っ黒な空間ウィンドウだけが浮かんでいる。

『――まあ、いいでしょう。他ならぬあなたの〝お願い〟です。あまり好ましい事態ではありませんが、許可します。私としても少なからず興味がありますしね』

「ありがとうございます」

空間ウィンドウを通して響く声に、クロエが頭《こうべ》を垂れる。

『ただし……わかっていますね、クロエ。あなたの力が露見するようなことがあってはなりませんよ。それだけは決して許しません』

声は変わらず落ち着いたものだったが、その中に鋭い刃のようなプレッシャーが秘められていることをクロエは感じ取っていた。

いや、正確には感じ取れる程度に匂わせているのだ。

それが彼女の好むやり方だった。

「もちろんです」

『それがわかっていればいいのです。……健闘を祈りますよ、クロエ』

「……クロエさん、どうしました？」

柚陽の声に、はっと我に返るクロエ。

「いいえ、なんでもないわ」

クロエは素っ気なくそう答えると、改めて美奈兎を見る。

「とにかく、総合力で劣る以上試合が長引けばそれだけこちらが不利になる。目指すは短期決戦、そのためには——美奈兎、ニーナ、あなたたち二人が要になるわ」

「了解！」

「……う、うん」

意気揚揚とした美奈兎《みなと》とは裏腹に、ニーナは緊張した面持ちだ。

まあ、無理もないだろう。今から闘う相手――サンドラ・セギュールの実力を一番よく知っているのは、このニーナなのだから。

「ふふん、お久しぶりですの！　若宮《わかみや》美奈兎さん！」

試合の宣誓を行うためにチーム全員がステージで対峙《たいじ》すると、中央に立つヴァイオレットが美奈兎をびしっと指差しながら言った。

「先日はついつい油断して不覚を取ってしまいましたけれど、今度はそうはいきませんの！　わたしの力でギッタンギッタンしてさしあげるので、せいぜいがんばってみるがいいですの！」

「あ、うん！　よろしくね！」

「軽っ!?　ちょ、あなた、軽すぎじゃありませんの!?　きぃー！　わ、わたしを馬鹿にしてやがりますのね……！」

その言葉を素直に受け取った美奈兎が朗らかにうなずくと、ヴァイオレットは顔を真っ赤にして地団駄を踏む。

一方、チームの左端に静かに佇《たたず》むサンドラは涼やかな微笑をニーナに向けた。

「お久しぶりね、ニーナ。まさかあなたが私に挑んでくるとは思わなかったわ」

「そ、それは……」

その言葉にニーナは俯《うつむ》くようにして視線を逸《そ》らす。

「別に責めているつもりはないのよ。ただ——あまりにも、滑稽《こっけい》で」

「う……」

泣きそうな顔で小さく呻《うめ》くニーナに、サンドラは更に続けた。

「復讐《ふくしゅう》なんて子ども染みた真似《まね》、確かにあなたにはお似合いだけれど、そんなに悔しかったのかしら。それとも……よもや、まだ私に未練があるとか？」

「っ！」

サンドラの口調はあくまで優しく、そこに嘲るような色はまるでない。しかし、だからこそニーナは悔しそうに唇を噛む。

「でも残念。前に言った通り、あなたはもういらないの。私はもっと相応《ふさわ》しい力を手に入れたのだから」

「——見る目のない人間の道具自慢ほど、哀れなものはないわね」

と、そこへクロエが割って入るように一歩進み出た。

「あら、あなたは？」

「クロエ・フロックハート」

「ふぅん……なるほど、それじゃあなたが若宮美奈兎《わかみやみなと》の……いいえ、このチームの参謀役《さんぼう》ね」

サンドラは静かな笑みを崩すことなく、クロエに向き直る。

「それで、見る目のない人間というのは私のことかしら？」

「ええ。私ならあなたよりもずっと上手《うま》く、彼女を使いこなすことができるわ」

「……っ」

クロエの物言いに、俯《うつむ》いたままのニーナがぴくんと身体《からだ》を震わせた。

「ふふ……いいわ。そこまで言うなら、お手並み拝見といきましょう」

サンドラはあくまで笑顔のまま背後に下がっていく。

クロエは自分も同じように後方に戻りつつ、ニーナに小さく声をかけた。

「もし本当に悔しいと思うなら、自分が道具以上であることを証明なさい。——自分自身の選択でね」

「えっ？」

ニーナがはっと顔を上げて振り返るが、クロエはそれ以上なにも言わず所定の位置へと戻る。

自分自身のその言葉に、苛立《いらだ》ちを覚えながら。

＊

美奈兎たちのチームは前衛がリーダーの美奈兎とソフィア、後衛がクロエと柚陽《ゆずひ》、その中間に遊撃のニーナという陣形だ。

対するサンドラのチームは前衛にセティ三姉妹、後衛がリーダーのサンドラとヴァイオレット――オーソドックスではあるが比較的攻撃的な布陣と言えた。

「それじゃ、行くよみんな！」

言って、美奈兎は自分の校章に手をかざす。

「羨望《せんぼう》の旗幟《きし》たる偶像《ぐうぞう》の名の下に、我らチーム・赫夜《かぐや》は汝《なんじ》らチーム・メルヴェイユに決闘を申請する！」

「……その決闘、受諾するわ」

厳かにサンドラが答えると同時に甲高い音が鳴り響き――決戦の火蓋が切って落とされた。

「さあっ！　吹き飛んでしまうがいいですの！」

開幕、まずはヴァイオレットの砲弾が美奈兎を襲う。

「わわっ！」

美奈兎はとっさに横に跳んでそれをかわすが、以前よりもずっと能力の発動が早く、精確な砲撃だ。

間一髪ギリギリのところで襲い来る砲弾を避けながら、それでも前進しようと踏み出したところで。

「その首、もらった！」

三叉矛を構えたパドマが絶妙なタイミングで突きを繰り出してくる。

風を裂くかのような、疾《はや》く鋭い一撃。

「くぅ……！」

美奈兎《みなと》はなんとかそれを両手でガードするが、煌式武装《ルークス》を通して衝撃が骨の髄まで到達する。もしまともにくらったならば、星辰力《プラーナ》をほとんど防御に回すことのできない美奈兎では一撃で倒されてしまうだろう。

しかもそんな破壊力を秘めた突きを、パドマは連続で繰り出してくるのだ。

さすがは末席とは言え、《冒頭の十二人《ページ・ワン》》。その実力は並大抵ではない。

「ほう、思ったよりはやるな……！　だが！」

パドマがすっと呼吸を整えたかと思うと、その三叉矛の切っ先がゆらりと揺らぎ、ほぼ同時に上段、中段、下段からの突きが繰り出される。

さすがにこれは凌《しの》ぎ切れず――

「甘いですわよ！」

しかし、あわやというところでその一撃を受け止めたのは、金色の髪をなびかせて割って入ったソフィアだった。

「ほら、そちらも！」

「……っ！」

更に死角へ回り込んでいたスバシニの不意打ちを弾き返したソフィアは、美奈兎へ向かって目配せをする。

「行きなさい、美奈兎！　足止めだけなら、私一人で十分ですわ！」

「はいっ！」

目指すは短期決戦。となれば、狙うはリーダーであるサンドラただ一人だ。

美奈兎はパドマとスバシニの脇を一気にすり抜けようとするが、その前に立ち塞《ふさ》がったディヴィカが待ち構えていたかのようにハンマー型の煌式武装を振り下ろす。

「あはは、もらったー……て、うわわわ⁉」

が、その一撃が美奈兎のガードを捉える寸前で、連続して放たれた光弾がディヴィカを襲った。

美奈兎が一瞬だけ視線を背後に向けると、短銃型の煌式武装を構えたクロエの姿。

「ありがとう、クロエ！」

五人で初めて練習を開始した時のことを思い出して小さく笑みを浮かべながら、美奈兎は体勢を崩したディヴィカのハンマーを足場に大きく前へ飛んだ。

「——前にも言ったと思うけれど、私の戦闘力は所詮自分の身を守る程度のものでしかないわ。個人としてはほとんどチームの役に立たないと思ってちょうだい」

トレーニングルームに集まった美奈兎《みなと》たちを前に、クロエは念を押すようにそう言った。

「身体スペックは元より、戦闘技術、駆け引き、あらゆる分野で一級線には程遠い……総合力はこの学園全体で見れば中の下、多少マシな射撃だけなら中の上に届くか届かないかといったレベルでしょうね」

そして煌式武装《ルークス》の発動体を取り出すと、銃型のそれを起動してみせる。

クロエが煌式武装を構えるところを美奈兎は初めて見たが、思ったよりもずっと様になっていた。以前柚陽《ゆずひ》が指摘した通り、それなりの訓練を積んできたのは間違いないようだ。

「でも、それならば戦力にならないと言う程ではないのでは？」

柚陽の指摘に、クロエはゆっくりと首を横に振る。

「普通のチームならそうかもしれないわ。でも、あなたたちのチームは一芸特化の個性を組み合わせた、極めてピーキーなチームでしょう？　そこに一個の戦力として私を組み込むのはバランスを崩壊させてしまう」

「なるほど……」

クロエの説明にうなずくソフィア。

ニーナはまだこのメンバーに慣れていないせいか、一歩離れた場所で緊張気味に押し黙っている。

「それじゃ、クロエは戦術指揮に徹するっていうこと？」

「そうしたいのは山々だけれど……少なくともチーム・メルヴェイユはそれで勝てる相手ではないでしょうね。——だから私は可能な限り援護に回るわ。ないよりはマシといった程度でしょうけれど」

クロエは溜《た》め息《いき》を吐きつつそう言った。

「援護……というと、私のような、ですか？」

柚陽は後衛として、その射撃能力で前衛をサポートするのが主な役割だ。

「いいえ。あなたやニーナの援護はしっかりと戦術に組み込まれたもの。私の援護は、あくまでその戦術の外にあるものよ」

「う……ご、ごめん。よくわかんない、かも」

美奈兎が不安そうに視線を彷徨《さまよ》わせると、ソフィアとばっちり目が合った。

「で、ですからその、クロエさんがおっしゃっているのは……あー、あまり当てにしないでほしいということ、ですわよね？」

「まあ、そんなところです」

人差し指を立てつつ、ソフィアがややおぼつかないながらもそう説明すると、クロエは肩を竦《すく》めながらうなずいてみせた。

＊

「させませんったら、させませんの！」

ハンマーを足場にディヴィカを飛び越え、着地したその瞬間を狙うようにヴァイオレットの砲弾が再び美奈兎《みなと》目掛けて放たれる。

大小様々なその砲弾は、しかし美奈兎へと辿《たど》り着く前に全て空中で迎撃されていた。

「んなっ!?」

「ナイス、柚陽《ゆずひ》！」

美奈兎の後方から真っ直ぐな軌跡を描いた光の矢——柚陽の放ったそれが、ヴァイオレットの砲弾を正確に射抜いたのだ。

「どうぞ、飛び道具は私に任せてお気になさらず」

心強い言葉が背後から届き、美奈兎は改めて目標——サンドラ・セギュールを見定める。

「これで——！」

ところが次の瞬間、美奈兎は突如として足元から湧《わ》き上がった水流に、天高く撥《は》ね上げられていた。

「えっ!?」

一体なにが起こったのかわからないまま空中で身体《からだ》を捻り、なんとか体勢を整えた美奈兎の眼前に、水で作られた竜の顎が大きく口を開く。そこになって美奈兎はようやく事態を把握した。

（こ、これが《グレールネーフ》の……！）

眼下では優雅に洋扇型の純星煌式武装《オーガルクス》を構えたサンドラが、あの張り付いたような笑みを浮かべている。

水を虚空から生成し、自在に操る能力。

クロエからある程度のデータはもらっていたが、実際に目の当たりにするとその力がいかに強大なものなのかが身に染みて理解できた。

データによるとその代償は『体温』。使い続けていると少しずつ身体の熱を奪われてしまうらしい。とはいえ、それは十数分に一度低下する程度の非常にゆっくりしたもので、よほど長期戦にならない限り戦闘に影響を及ぼすようなものではないようだ。

「さあ、露と消えなさい」

淡々としたサンドラの声が響くと同時に、水龍《ガルグイユ》が美奈兎を飲み込もうと襲い掛かる。

なんとかしたいのは山々だが、空中では回避のしようがない。

しかし。

「——王太子の城壁《ジャック・ランパート》！」

水龍《ガルグイユ》の顎が美奈兎《みなと》を噛み砕く直前、光り輝く菱形《ひしがた》の壁が出現したかと思うと、それを押し留めた。

美奈兎が着地するのとほぼ同じくして壁は砕け散ってしまったが、十分だ。

「だ、大丈夫……？」

「助かったよ、ニーナちゃん！」

駆け寄ってきたニーナに笑みを向けると、ニーナは照れたような困惑したような顔で首を振った。

「それより……！」

「うん！」

言われるまでもない。

ニーナと並んで改めて対峙《たいじ》すると、サンドラは糸のような目をさらに細め、手にした《グレールネーフ》で口元を覆った。

「ふふ……今のは良いタイミングだったわよ、ニーナ。少しはその力を使いこなせるようになったのかしら？」

「うぐ……」

そのプレッシャーに押されるニーナを庇《かば》うように、美奈兎は一歩前に進み出る。

序列四十七位、《戦札の魔女《ベルム・アルカナ》》ことニーナ・アッヘンヴァル。

その二つ名からもわかる通り《魔女《ストレガ》》である彼女の能力は、あらゆる戦況に対応できるオールマイティ型でありながら、同時に極めて癖が強い。

より正確に言えば、使いこなすのが非常に難しい能力なのだ。

トランプを模したその能力は、四つのスートそれぞれが近接攻撃・遠距離攻撃・防御・補助に対応している。そしてその威力は数字によって変化する。たとえば、先ほど美奈兎を守ったのは防御能力であるダイヤの十一だ。

それだけならばいいのだが、問題なのは一度使ったスートと数字の組み合わせが一定時間——ほぼ丸一日——使えなくなるという点だった。

つまりニーナはどの能力をどの威力で発動し、またどれを温存しておくのか、戦況に応じて使い分けていかなければならない。

「まあいいわ。正直に言って、あなたにはもうさほど興味もないの。それよりも……クロエと言ったかしら、彼女は中々に有能なようね」

サンドラがそう言いつつ《グレールネーフ》を下に向けると、その足元から大量の水が湧《わ》き上がる。

「チームとしての実力差が歴然としている以上、速攻勝負を仕掛けてリーダーである私を倒すしかない。とはいえ、こちらがそれに付き合うはずもない」

サンドラの足元では、まるで海を切り取ったかのような水が渦を巻き始めていた。

「だからこそ他のメンバー全てが援護に回って、若宮美奈兎《わかみやみなと》……あなたを私の前まで送り届けた。おそらくあなたが私の相手をするのに一番適任だと判断したのでしょうね。――そして、そのサポート役としてニーナを充てたといったところかしら」

サンドラはそこまで言うと、突如として《グレールネーフ》を振り上げる。

「――とはいえ」

それに応じて大量の水が立ち上がり、巨大な水の壁――津波となって美奈兎たちに襲い掛かる。

「なっ……!?」

まるでビルが迫り来るようなその迫力と、かわしきるのが不可能なその長大さに、美奈兎たちは為す術なく飲み込まれた。

一瞬でもみくちゃにされ、上下左右がわからなくなったかと思うと、次の瞬間にはアリーナの壁面に思い切り叩きつけられる。

「かは……っ!」

ただでさえ息苦しかったところに、その衝撃で肺から更に酸素を吐き出し、咳き込みながら膝をつく美奈兎とニーナ。

そんな二人を微笑を浮かべたまま見つめるサンドラが、ゆっくりと言葉を続ける。

「まさか、あなたたち二人だけでこの私を倒せるとでも？」

穏やかで、静かな口調。

そして、そのたおやかな手が洋扇を翻すと、辺り一面に広がった自ら無数の触手が生え上がり、その鋭く尖《とが》った尖端《せんたん》を一斉に二人へと向けた。

「なにか策があるのでしょう？　だったら見せてご覧なさいな。でないと……もう終わらせてしまうわよ？」

第七章　チーム・赫夜《かぐや》

「――特訓、ですか？」

クロエの言葉に、柚陽《ゆずひ》がきょとんとした顔で聞き返す。

「そうよ。サンドラ・セギュールのチームに勝つ可能性を少しでも上げるためにね」

「ですからこうして今まさに、一生懸命励んでいるじゃありませんの」

サーベル型の煌式武装《ルークス》を展開していたソフィアが、抗議するようにぷくっと頬《ほお》を膨らませた。

実際ここのところの美奈兎《みなと》たちは、サンドラたちとの練習試合に向けて毎日トレーニングルームに篭《こ》もり連係などの練習を重ねている。

「そうではありません。私が言いたいのは――ニーナ・アッヘンヴァル。あなたの能力についてよ」

「……えっ？　わ、わたし？」

一人離れた場所でおどおどと美奈兎たちの様子を窺《うかが》っていたニーナが、びくんと身体《からだ》を震わせた。

「今回の試合では、あなたが自分の能力をどこまで使いこなせるかで明暗が分かれるわ」

「つまり、ニーナちゃんの能力とあたしたちとの連携を強化しようってこと?」

美奈兎がそう訊《たず》ねると、しかしクロエはあっさり首を横に振った。

「いいえ。そんな付け焼刃が通用するような相手じゃないわ。私がニーナ・アッヘンヴァルに望むのは、その能力を発展させることよ」

「発展……ですか?　具体的にはどのような?」

「それは私から直接教えるわけにはいかないの。《魔女《ストレガ》》や《魔術師《ダンテ》》の能力は自身が構築したイメージと直結しているから、他人の言葉は悪影響を及ぼす場合があるわ。特にこの子のように繊細な精神の持ち主はね」

クロエが溜《た》め息《いき》を吐《つ》くと、ニーナは泣きそうな顔で俯《うつむ》いてしまう。

「でしたら、手の打ちようがないのではありませんの……?」

ソフィアの言い分は至極真っ当なものに思われたが、クロエはそれに答える代わりにポケットから取り出した小さなケースをニーナへと投げ渡した。

「えっ?　なっ、なに……?」

お手玉をしつつニーナが受け取ったそれは、まだ封の切られていないトランプだ。

「答えを教えることはできなくても、そのための状況を整えてあげることはできる。……そういうわけだから、今から全員でトランプをするわ」

「は……?」

クロエ以外の全員が、ぽかんと間の抜けた顔で口を開ける。

「ちょ、ちょっとこの時間がない時に、いきなりなにを言い出すんですの!?　そんなことをやってる暇があったら少しでも訓練を……！」

「ゲームはあなたが好きなものを選びなさい、ニーナ・アッヘンヴァル」

喚《わめ》くソフィアを完全に無視して、クロエがニーナを見る。

「で、でも、わたし……」

ニーナは困惑と驚愕《きょうがく》が入り混じった表情で、渡されたトランプを強く握り締めた。

＊

「ニーナちゃん、危ない！」

美奈兎《みなと》は膝立ちの状態からそう叫ぶと、サンドラのプレッシャーを受けて固まっていたニーナを庇《かば》うようにその前へ跳んだ。

サンドラの周囲に広がる水面から触手のように伸びた水槍が四本、ニーナ目掛けて襲い来るのを間一髪その拳で破壊する。自在に操れると言ってもやはり水は水ということなのか、衝撃を与えると、思ったよりも簡単に打ち砕くことができた。

しかし飛沫《しぶき》となって砕け散った水槍は即座に再生し、再び狙いを定める。

「ニーナちゃん、今の内に……って、ええっ⁉」

振り返りながらそこまで言いかけ、美奈兎は目を見開いた。

「あ、足が……！」

震える声で美奈兎を見上げるニーナの足は、不自然に盛り上がった水に膝下まで飲み込まれている。

いや、ニーナだけではない。美奈兎の足も同様だ。水中の足はものすごい力で押さえ込まれ、ほとんど動かすことができない。

「ほらほら、早く逃げないと串刺しになってしまうわよ？」

サンドラが《グレールネーフ》を美奈兎たちに向けると、水槍がさらにその数を増やす。

これはとても迎撃できるような数ではない。

ならば。

美奈兎は両足を踏ん張り、瓦割のような姿勢から水面に向けてえぐるような掌打《しょうだ》を叩き付ける。

玄空流《げんくうりゅう》――〝衝抉《しょうけつ》〟。

足元を覆う水に静かな波紋が広がり――次の瞬間、周囲の水は全て飛沫となって弾け飛んだ。

「っ！　中々にやるわね……！」

「ニーナちゃん！」

「う、うん！」

すかさず水槍が飛んでくるが、美奈兎とニーナはまだ水が及んでいない範囲にまで跳んで回避する。

「くっ……！」

しかしニーナを庇《かば》うように立っていた美奈兎はその全てを回避することはできなかった。

腕や足に鋭い痛みが走り、じわりと血が滲《にじ》む。美奈兎の星辰力《プラーナ》の量を考えると防御に回すわけにはいかないため、これくらいは仕方ない。

「あ、あの、血が……」

「このくらい大丈夫！　それより牽制《けんせい》をお願い、ニーナちゃん！」

「わ、わかった……！　九轟の心弾《ナイン・バレット》！」

ニーナの周囲に万応素《マナ》が渦巻き、拳大の光弾が九つ顕現《けんげん》――サンドラへ向かって放たれた。しかしサンドラが気だるげに洋扇を振るうと、巨大な噴水のように水の壁が噴き上がりそれを飲み込んでしまう。

それでもその隙《すき》に美奈兎は痛む脚を押して大きく左へ回り込んでいた。問題はサンドラの周囲に広がる水溜《みずたま》り……というよりも、もはやちょっとした池といったほうがいいだろうか。サンドラを中心に半径五メートル四方を取り囲む水は生き物のように蠢《うごめ》いており、もしそこへ足を踏み込めば先ほどのように捕らえられてしまうだろうことは目に見えている。

　いわばサンドラの結界だ。

「み、美奈兎！　使って！」

　が、そこで意を決したようなニーナの声が響いた。

　見れば美奈兎の先、水面の上には先ほどサンドラの攻撃を防いでくれた菱形《ひしがた》の盾が水平に顕現している。

「ナイス、ニーナちゃん！」

　美奈兎は地面を蹴って大きく跳ぶと、それを足場に使ってサンドラへ回し蹴りを見舞った。同時にその反対側からは、同じように足場を利用したニーナが光り輝く剣を振りかざして迫っている。左右からの挟撃――それも絶好のタイミングだ。

　玄空流《げんくうりゅう》――〝巡蹴《じゅんしゅう》〟。

「八裂の葉剣《エイト・ファルシオン》！」

「あら……」

　サンドラが驚いたようにその片目を開く。

　だが、相変わらずその顔に張り付いた笑みは消えていない。

「なるほど、少しは考えるようになったみたいね。でも――」

美奈兎《みなと》とニーナの攻撃が届く寸前、二人は突如として真下から突き上げてきた水流に吹き飛ばされていた。

「くあああああっ……！」

「きゃあああああっ！」

足場にしていた盾を容易《たやす》く砕き、美奈兎たちを弾き飛ばしたそれは、水で創り上げられた龍の首だ。首周りは大木のようで、見えている部分だけで長さは五メートルを超えているだろうか。それが全部で六本、サンドラの足元に広がる水場から生えるようにして鎌首をもたげている。

「まだまだ甘いわ。私の二つ名でもあるこの水龍《ガルグイユ》の敵ではないわね」

サンドラは洋扇を口元に運び、悠然とそう言ってみせた。

「たたた……ニーナちゃん、大丈夫？」

「……い、今のでもダメなんて……」

慌てて美奈兎が駆け寄ると、ニーナはふらつきながらも身体《からだ》を起こす。

ただ、その顔には隠し切れない絶望の色が広がっていた。

＊

ディヴィカのハンマーをサーベル型の煌式武装《ルークス》で受け流し、背後に回りこんでいたスバシニの短刀を身を屈《かが》めて回避、足を掬《すく》うように薙《な》いできたパドマの三叉矛はサーベルを地面に突き立てるようにして受け止め、さらにそのサーベルを軸に身を翻して三姉妹の背後に回る――着地と同時にサーベルを抜き取り、構え直したソフィアにギャラリーの大歓声が降り注いだ。

「くうううう！　すばしっこいやつ！」

「さすがはソフィア・フェアクロフ！　三人がかりでもこれか！」

ディヴィカが悔しそうに顔を歪《ゆが》めて吐き捨てるが、パドマは対照的に好戦的な笑みを浮かべて追撃の突きを見舞ってきた。

「生憎《あいにく》と、こう見えて私もいっぱいいっぱいですわ！」

その一撃を弾き返しながら、ソフィアはそう苦笑した。

実際、《冒頭の十二人《ページ・ワン》》とリスト入りの高位ランカー三人を同時に相手取るのは、いかにソフィアの剣技を以《も》ってしてもギリギリのラインだ。ソフィアがあくまで防御に徹しているからこそ、そしてなにより相手が無茶《むちゃ》な攻撃を仕掛けてこないからこそ、なんとかなっているにすぎない。

「そちらこそ、私の弱点を知っていながら、存外にフェアプレイを通してくれていますわね。どういうおつもりですの？」

ソフィアは他人を傷つけることができない。それは攻撃が制限されるということでもあるが、こうして防御一辺倒に回っていても相手が捨て身の攻撃を仕掛けてきた場合は対処することができないということだ。

「無論、これが《獅鷲星武祭《グリプス》》本番であったならそうしていただろう！　だが、練習試合でそんな無茶《むちゃ》をして怪我《けが》を負ってもつまらん！　なにより――――！」

ゆらりとパドマの三叉矛の切っ先が揺らめき、次の瞬間風を穿《うが》つような鋭い多段突きが繰り出された。

「くっ……！」

ソフィアはその猛攻をなんとか凌《しの》ぐが、体勢を崩したところでディヴィカのハンマーが横殴りに襲い掛かってきた。

「今回の試合は、真正面からあんたを潰して名を上げることに意義があるんだよー！」

ディヴィカの膂力《りよりよく》はソフィアを上回っている。正面から受けきることは不可能だろう。かといって今のソフィアの体勢では受け流すことも難しい。仮になんとかできたとしても、今度こそ完全にバランスを崩し、倒れてしまうのは否めまい。そうなれば、虎視眈々《こしたんたん》とこちらの隙《すき》を狙っているスバシニの短刀がソフィアの校章を断ち切るだろうことは目に見えている。

（これはちょっとまずいかもですわね……）

ソフィアの背中に冷たい汗が流れる。

しかし、ディヴィカのハンマーがソフィアに叩きつけられる寸前、背後から飛んできた光の矢が連続してハンマーヘッドを撃ち貫いた。その衝撃で軌道が変わり、ソフィアは危ういところでその攻撃を回避する。

「助かりましたわ、柚陽《ゆずひ》さん！」

ちらりと背後へ視線を向ければ、少なからず憔悴《しょうすい》した顔の柚陽がそれでも気丈に笑っていた。こうして敵味方が入り乱れた近接戦闘で精確な援護射撃を続けるのは、相当精神を削るはずだ。

「ちょっとちょっとー！　うちの後衛もしっかり仕事してよねー？」

ディヴィカは一度引いてハンマーを構え直しながら、不満そうに口を尖《とが》らせる。

「や、やってますの！」

そのヴァイオレットは柚陽ほどの精密射撃ができないせいか、柚陽の牽制《けんせい》とクロエに対する攻撃に専念しているようだ。

「もうちょっと！　もうちょっとでどうにかなりそうですのに！　きー！」

すっかり熱くなっているヴァイオレットの放つ砲弾は、現にクロエをほとんど一方的に追い詰めている。ただ、クロエもその単調な攻撃を読んでいるのか、なんとか際どいところでかわし続けていた。

もっとも直撃はしていなくとも、すでにその身体《からだ》は爆風でボロボロだ。ヴァイオレットの言う通り、あまり長くは持たないだろう。

「まあいい。我々は我々の仕事をするまでだ。こうしておまえたちを分断しておけば、試合そのものは我々のリーダーが終わらせてくれるだろう」

パドマが腰を落とし、三叉矛の切っ先をソフィアに向けながら不敵に言った。

「まあ、あんたを仕留め切れなかった場合は、お説教が待ってるだろうからがんばるけどねー」

じりじりと間合いを詰めつつ、ディヴィカがソフィアを睨《にら》む。

その二人の背後で気配を消しているのはスバシニだろう。

「……ふふん、余裕ですわね。言ってもあちらは二対一ですわよ？」

ソフィアはできるだけ自分優位の間合いを維持しようと、すり足で調整しつつそう言った。

「余裕？　違うな、これは確信だ。《グレールネーフ》を使いこなすサンドラの前に有象無象がいくら雁首《がんくび》を並べたところで、その牙の餌食となるだけ……ほら、見るがいい。水龍《ガルグィユ》が暴れ始めたようだぞ」

「なっ……！」

その言葉にソフィアが奥の戦場へと視線を向けると、そこには一方的な惨劇が繰り広げられていた。

＊

「きゃあああっ！」

水龍に弾き飛ばされたニーナは、その衝撃に受身を取ることもできず背中から地面に叩き付けられた。さらに別の水龍が追撃をかけてくるのを見て、ニーナはとっさに設置型の能力を発動させる。

「――セ、七封の牢獄《セブン・ジェイル》！」

水龍の首は捕らえるように地面から光の壁が立ち上るが、水龍が少しその中で暴れただけであっけなく破壊されてしまう。

「そんな……」

愕然《がくぜん》とするニーナを嘲笑《あざわら》うかのように水龍はその目の前でゆっくりと鎌首をもたげ――

次の瞬間、大口を開けて真上からニーナを飲み込んだ。

水圧に身体が軋《きし》み、息ができずにもがき苦しむ。手足はがむしゃらに水を掻くばかりで、脱出できるような手がかりさえない。助けを求めようと手を伸ばすが、歪《ゆが》む視界の向こうでは美奈兎《みなと》が三体の水龍から攻められているところだった。とてもではないが、ニーナを助けにこられるような余裕はないだろう。

そしていよいよ意識が薄れてきたところで――ニーナは唐突に解放された。

「――っ！　けほっ！　けほっ……！」

反射的に水を吐き出すが、それ以上の力はもはや残っていない。

仰向《あおむ》けに倒れ、荒い息を吐くだけのニーナに、優しく穏やかなサンドラの声が聞こえてきた。

「少しはましになったかと思ったけれど、やっぱりこんなものなのね」

首だけを動かし、なんとかそちらへ視線を向けると、サンドラがあの張り付いたような笑みでくすくすと肩を揺らしていた。

やろうと思えば、サンドラはあのままニーナを倒すことができたはず。それなのにわざわざこうして解放したのは、ただ単にニーナをいたぶりたいだけなのだろう。

ニーナはサンドラの歪《ゆが》んだ性根を目の当たりにし、今更ながらに怖気《おぞけ》を覚えた。

「結局、あなたは器用貧乏なのよ。スペードの近接攻撃も、ハートの遠距離攻撃も、ダイヤの防御能力も、クラブの補助型能力もどれも全部中途半端でしかない。まあ、こんな複雑な能力じゃ仕方ないわよね。《魔女《ストレガ》》や《魔術師《ダンテ》》の能力はシンプルなほど強力になる――その上で多様性を身に付けるのが上策というものだわ。理想はそう、星導館《せいどうかん》の《華焔《グリユー》の魔女《エンローゼ》》かしら？　あなたが彼女の半分でも使えたら、私もあなたを捨てることはなかったでしょうに……お互いに残念だったわね」

勝利を確信しているのか、サンドラはいつになく饒舌《じょうぜつ》だ。

その言葉一つ一つがニーナの心をえぐり、瞳に悔し涙が滲《にじ》む。

「それじゃ、そろそろ終わりにしましょうか。さよなら、ニーナ。もう二度と私の前に現れないでちょうだい」

「はぁああっ！」

水龍《ガルグィユ》が再び巨大な口を開け、ニーナに迫る。

が、ニーナがそこに飲み込まれる寸前、飛び込んできた美奈兎《みなと》の拳が水龍の頭を吹き飛ばしていた。

「ニーナちゃん！」

ナックル型の煌式武装《ルークス》から放たれる光が常よりも二周りは大きく増大し、眩《まばゆ》い輝きを放っている。流星闘技《メテオアーツ》だ。

「あら、存外にしぶといこと」

サンドラが《グレールネーフ》を一振りすると、即座に水龍の頭部が再生していく。

それでも美奈兎はその隙《すき》にニーナを抱きかかえると、一度距離を取った。

「……なんで、わたしなんか助けたの？」

しかしニーナは力のない声でそうつぶやくことしかできない。

「サンドラが言ってたことは全部本当なんだよ……？　わたしは中途半端で、結局なんの役にも立てなくて、だから——だからわたしなんか、見捨てちゃってもよかったのに……」

そうだ。サンドラは正しい。わたしは役に立たないから捨てられたのだ。

それなら、美奈兎《みなと》たちだって当然そうするべきだろう。

「……あのね、ニーナちゃん」

すると美奈兎は、珍しく穏やかな声で諭すように言った。

よく見ればその身体《からだ》はボロボロで、顔にも腕にも足にも血が滲《にじ》んでいる。

「あたしたちは仲間だから……なんてことを言うつもりはないよ。だって、まだ出会ったばかりだし、なによりニーナちゃんがそう思ってくれてないもんね。だから、これはあたしのわがまま」

「わがまま……？」

「うん。今はまだ仲間じゃなくても、あたしはニーナちゃんと仲間になりたい。そのためには、少しはいいとこ見せておかないとね」

美奈兎は言って、屈託のない笑みをニーナに向けた。

「それに、あの人が言ってることが全部本当だったとしても、関係ないよ」

「え……？」

「ニーナちゃんがまだあの人に勝ちたいって思ってるなら、それがきっと一番大事なことだから。能力とか才能とかそんなんじゃなくて――大切なのはニーナちゃんがどうしたいかなんだよ」

「わたしが……どうしたいか……」

ニーナはその言葉を噛み締めるように反芻《はんすう》した後、力を振り絞って立ち上がった。

「わたしは、サンドラに勝ちたい……！」

ふらつく足で踏ん張りながら、強く拳を握り締める。

「よし！　だったら、あたしが道を切り拓《ひら》いてあげる！」

美奈兎はそう言って拳をかち合わせると、サンドラへ向かって真正面から突撃していった。

「なにを仕掛けてくるかと思えば、まさかの正面突破？　くだらない」

興ざめしたとでもいうような冷たい目で、サンドラが洋扇を振り下ろす。

水龍《ガルグイユ》が一体、美奈兎を飲み込もうと口を開いて迎撃に出るが――

「玄空流《げんくうりゅう》――〝旋破《せんぱ》〟！」

美奈兎は空中で身体を回転させると、流星闘技《メテオアーツ》で攻撃力を増大させたナックルをその口に叩き込んだ。飛沫《しぶき》となってその水龍が砕け散る。

直後、美奈兎の背後に回り込むようにしていた別の水龍が二体、死角から美奈兎を襲う。

「〝螺鉄《らてつ》〟！」

が、美奈兎《みなと》は着地と同時に回転を加速させ、その内一体を裏拳《うらけん》で。

「〝転槌《てんつい》〟！」

もう一体を肘打ちで吹き飛ばす。

「なっ……！」

さすがのサンドラの顔にも驚きと焦りが浮かんだ。美奈兎の攻撃が速すぎて、再生が追いつかないのだ。それでもまだ、残り三体の水龍《ガルグイユ》がサンドラを守るように前へ出てくる。

美奈兎は言った通りに、道を拓《ひら》いてくれている。

だとしたら、次はニーナの番だ。

その瞬間、ニーナの脳裏に突然先日の特訓——と称したゲームの光景がフラッシュバックした。

＊

「ぐわあああ！　ニーナちゃん強いー」

「うーん、また負けてしまいました」

「な、なんで勝てませんの！　おかしいですわ！　おかしいですわ！」

「……はぁ」

美奈兎《みなと》は手札をばらまいて背後に倒れ、柚陽《ゆずひ》は苦笑を浮かべながら頬《ほお》に手をあて、ソフィアは顔を真っ赤にして悔しがり、クロエは無表情のまま小さく溜《た》め息《いき》を吐《つ》く。四者四様の負けっぷりを前に、ニーナはどんな顔をしていいのかわからず、困惑を抱え込んだまま回収したトランプをシャッフルしていた。

「すごいね、ニーナちゃん。どんなゲームをやっても全然勝てないよ」

「能力もトランプを模したものですし、相当やりこんでいらっしゃるのでしょうか？」

柚陽の何気ない質問に、ニーナはしかし俯《うつむ》きながら首を横に振る。

「う、ううん……わたし、他の人と遊ぶの、今日が初めてだもん」

「え……？」

唖然《あぜん》とする一同に、ニーナは居心地の悪さを覚えつつも続けた。

「わ、わたしは友達とか全然いなかったから、ずっと一人で遊んでたの。カードは一人で何役もやれば、いろんなゲームができるから……」

「……」

居たたまれない空気が流れかけたその時、美奈兎が朗らかに笑った。

「そっか！　じゃあ、今日はもっともっとみんなで遊ぼうよ！」

「い、いや、ですけどさすがにそろそろ訓練をしないと……」

「でもでも、よくわからないけど今日の目的はそういうことなんでしょ、クロエ？」

美奈兎が視線を向けると、クロエはやや憮然《ぶぜん》としながらもうなずいてみせた。

「そうね。じゃあ次はあなたが一番得意なゲームをしましょうか、ニーナ・アッヘンヴァル。確かポーカーだったかしら？」

クロエの言葉に、ニーナは驚いて目を見開いた。

「ど、どうして知ってるの……？」

確かにポーカーはニーナが一番好きな、そして一番得意としているゲームだ。

「気にしないでいいわ。それより早く配ってちょうだい」

「ちょ、ちょっとクロエさん！　ああもう、柚陽さんからもなにか言ってくださいまし！」

「そうですね……今日はもう気分を切り替えて楽しんだほうがいいのではないでしょうか」

「柚陽さんまで、そんな！」

きゃいきゃいと楽しそうにはしゃぐ一同を前にニーナはどうしたものか躊躇《ちゅうちょ》していたが、やがておずおずと一歩踏み出すように、カードを配り始めた。

＊

フラッシュバックが収まると同時に、ニーナは理解した。

クロエが言っていた言葉の意味を。

――《魔女《ストレガ》》の能力はイメージと直結している。

そして、今まさにそれはニーナの中で新たな力の形を織り上げていく。バラバラだったピースが、かっちりとはまっていくように。

（でも……これだけじゃダメ……！）

形は見えた。それを成し得る力も自分の中にある。

ただ、それを使いこなせる自信がまだニーナにはなかった。おそらく思うがままにこの力を振るったところで、サンドラに勝つことはできないだろう。ニーナはまだまだ戦闘の機微が読み取れないのだ。

が、その刹那。

《……イメージは固まったようね》

唐突に、頭の中に声が響いた。

「っ!?」

その奇妙な感覚に周囲を見回すが、声が届くような範囲には誰もいない。

《いいから今は集中しなさい。まず、そこは位置が悪いわ。もう少し右手へ移動して。サンドラ・セギュールの正面に……大丈夫、彼女は今美奈兎《みなと》にかかりきりよ》

「ク、クロエ、なの……？」

落ち着いて聞いてみると、その声はクロエ・フロックハートのものだ。

ところが視線をクロエに向けても、彼女はボロボロの身体《からだ》でヴァイオレットの砲弾を回避しており、とてもこちらに気を回している余裕はなさそうだった。第一、やはり声が届くような距離ではない。

しかし、そこでニーナはほとんど直感的に悟った。

これは自分と同じ《魔女》の力だ。

ならば、今はそれを信じるしかない。

《タイミングはこちらで合わせてあげるわ。後はあなた次第よ、ニーナ・アッヘンヴァル》

「……わ、わかった」

《美奈兎の星辰力《プラーナ》はもう持たない。準備をして》

クロエの言葉通り、五体目の水龍《ガルグィユ》を倒したところで、美奈兎ががくりと膝をつく。

美奈兎が倒した水龍たちもゆっくりと再生し、サンドラが傲然《ごうぜん》とした笑みを浮かべる。

《いい？　彼女はとっさの場合、左サイドに避ける癖があるわ。それを考慮しなさい》

頭に響く声を聞きながら、ニーナは星辰力を一気に練り上げた。

（ダイヤの八、ダイヤの九、ダイヤの十、スペードのジャックに、ハートのクイーン……！）

ニーナの前に、三角形を描くように三枚の光り輝く盾が顕現《けんげん》する。これはいわば砲身だ。

内部に万応素《マナ》を集積し、自身の星辰力《プラーナ》と結合させながら弾丸となる剣を顕現《けんげん》させる。

《――今よ！》

そして最後に、ハートの光弾を燃料として――撃ち放つ。

「女王の崩順列《クイーン・ハイストレート》！」

力を解き放つと、とてつもない衝撃波と共に光の剣が射出された。

能力の、複合。

力を合わせること――チームとは、つまりそういうことだ。個々では届かなくても、皆が揃《そろ》って協力すれば成し遂げることができるようになる。

ならばニーナの力も同じこと。

一つ一つの能力が及ばないのなら、それを組み合わせてやればいい。

「くう……！」

サンドラの顔が驚愕《きょうがく》に染まり、慌てて六体の水龍《ガルグイユ》がガードに入る。

――だが。

「な……っ⁉」

光の剣は六体の水龍を悉《ことごと》く打ち砕き、貫通した。水龍は水飛沫《みずしぶき》となって弾け、跡形もなく消し飛ぶ。

それでもサンドラは、ギリギリのところで身を翻す――クロエの言葉通り、左へ。

「ここっ！」

あらかじめそれを予測していたニーナが、大きく右手を振る。

それに呼応して、打ち出した光の剣がまるでサンドラを追尾するようにその軌道を変えた。

無論、そんなことは今までやったこともない。できるとも限らなかった。

だが、《魔女》の力は想いの力だ。

(できると思えば、やれる……！)

「え……っ？」

唖然《あぜん》とした声がサンドラの口から漏れる。

この一撃はニーナだけの力ではない。

美奈兎《みなと》が切り拓《ひら》き、柚陽《ゆずひ》とソフィアが支え、クロエが導いてくれたからこそ届いた、皆の……チーム・赫夜《かぐや》の一撃だ。

サンドラの校章へ、ニーナの放った剣がまるで吸い込まれるように突き刺さる。

六体の水龍を貫通した剣はその威力を弱めていたが、それでも校章を打ち砕くには十分だ。

「サンドラ・セギュール、校章破損《バッジブロークン》」

「試合決着！　勝者《ウィナー》、チーム・赫夜！」

鳴り響く機械音声。

サンドラがわなわなと震えながら、信じられないといった顔で自分の胸の校章を見る。

「ま、まさか……そんな、馬鹿なことが……」

目を見開き、力なくへたり込むサンドラ。

そして一瞬の静寂の後、アリーナは大歓声に包まれていた。

「この私が……ニーナ相手に……?」

失意と屈辱と、怒りと困惑が入り混じったその表情からは、いつもの笑みが剥がれ落ちている。

「ちょ、ちょっと、どういうことですの……?」

「馬鹿な……サンドラが敗れたというのか……?」

チーム・メルヴェイユのメンバーも信じられないといった顔で立ち尽くしているようだ。

「はぁ……はぁ……」

周囲の水が蒸発するかのように消えていく中、ニーナは荒い息を吐きながら、そんなサンドラの姿を呆然《ぼうぜん》と見つめていた。

「か、勝った、の……？　わ、わたしが、サンドラに……?」

ニーナの胸に、少しずつ様々な感情が湧《わ》き上がってくる。

薄氷の勝利だったことは誰もが認めるところだろう。そもそもサンドラたちが最初から勝利だけを狙っていたならば、結果は全く逆になっていたに違いない。

しかし、それでも勝利は勝利であり――敗北は敗北だ。このアスタリスクにおいて結果以上に立場を明確化するものは存在しない。

つまり今のサンドラにならば、ニーナはどんな言葉をかけても許されるのだ。

番狂わせに沸く歓声が、そんなニーナの黒々とした感情を煽《あお》る。

ゆっくりと歩みを進め、膝をつくサンドラの前に立つ。

サンドラが愕然《がくぜん》とした表情でニーナを見上げてくる。

まるであの《鳳凰星武祭《フェニクス》》での立場が入れ替わったようだ。

「――」

自分でもわけのわからない強い衝動に促されるまま、ニーナが言葉を発しようとしたその時。

「えへへ……やったね、ニーナちゃん……！　最後の一撃、本当にすごかったよ……！」

ふらふらの美奈兎《みなと》が、ニーナに屈託のない笑顔を向けてきた。

それはサンドラの仮面のような笑みとは違う、純粋で心からの笑顔だ。

それを見た瞬間、ニーナの胸に渦を巻いていたもやもやとした感情は、全て消え去ってしまった。

「……うん。ありがと」

代わりに自分でも驚くほど素直に、感謝の言葉が口をつく。

だが。

「……って、み、美奈兎《みなと》っ!?」

「あれ……?」

美奈兎の身体《からだ》が斜めに傾き、そのままゆらりと倒れ込む。

「ちょ、ちょっと美奈兎さん！」

「美奈兎っ！」

慌ててチーム・赫夜《かぐや》のメンバーが駆け寄るが、美奈兎はそのまま意識を失ってしまったのか、目を覚ます気配はない。同じように美奈兎の下へ走るニーナの目には、もはやサンドラの姿は映っていなかった。

エピローグ

「――まったくもう、あんまり心配させないでくださいまし！」

「えへへ……」

治療院のベッドの上で、美奈兎は苦笑しながら頭を掻いた。

ベッドの周囲にはクロエ、ソフィア、柚陽《ゆずひ》、ニーナとチームメンバーが揃《そろ》って心配そうな表情で美奈兎を囲んでいる。

「まあ、ただの星辰力切れ《プラーナアウト》だったようだから、それほど心配はいらないと思うけど……」

クロエが呆《あき》れたようにそうつぶやいた。

美奈兎自身目覚めたのはついさっきのことなので、いまいち状況がよくわかっていないのだが、どうやら試合直後に倒れてしまいこの治療院へ緊急搬送されたということらしい。

時間を確認すると夜の九時を回っている。とすると、意識を失っていた時間は大体五、六時間といったところだろう。

「星辰力切れなんて久しぶりだなぁ……あっ、でもこれでニーナちゃんとお揃いだね」

「っ！」

美奈兎がそう言うと、ニーナは照れたような怒ったような顔でそっぽを向いてしまった。

「……冗談にしても笑えませんよ、美奈兎《みなと》さん。重症化することは少ないとはいえ、星辰《プラー》力切れ《ナアウト》で意識を失うということは無茶《むちゃ》な行いに違いないのですから」

珍しく柚陽《ゆずひ》が、叱責するような強い口調で美奈兎を嗜《たしな》める。

「う……ご、ごめんなさい」

――と。

「その娘の言う通りだぞ。まったく、近頃の若いもんはどいつもこいつも無茶ばかりしよる。もう少し気遣ってもらわんと、こちらの身体《からだ》がもたん」

ちょうど扉を開けて入ってきた白衣の老人が不機嫌そうにそう吐き捨てた。

老人の身長はかなり低く鉤鼻《かぎばな》で、頭はほとんど禿《は》げ上がっているが口元には真っ白な髭《ひげ》を豊かに生やしている。

「ヤン・コルベル院長⁉」

その姿を見たソフィアが驚いたように口元を押さえた。

「ええっ⁉」

ヤン・コルベルといえば、このアスタリスク治療院の最高責任者にして世界最高の医師と呼ばれる人物だ。落星工学《らくせいこうがく》の医療技術への転用を積極的に推し進め、そのモットーは「死にたてだったら連れ戻す」。

もっとも普段はより重篤《じゅうとく》な患者にかかりっきりで、星辰力切れ程度の症状をわざわざヤンが診ることはないはずだった。

「……院長がなぜここへ？」

クロエも訝《いぶか》しそうに眉を寄せながらヤンに訊《たず》ねる。

「案ずるな。別にこの娘が重症というわけではないわい。むしろその逆だ」

「逆、と言いますと？」

「星辰力の回復が早すぎる。たとえば……ああ、ちょうどいい。そこのちっこいのもこの前までうちに入院しておったろう」

「は、はいっ！」

ふいにヤンに話を振られ、ニーナが身体を緊張させる。

「おまえさんは一ヶ月程度意識が戻らなかった。それも滅多《めった》にあるケースではないが、理屈は通っておる。過度に星辰力を消耗すると、《星脈世代《ジェネステラ》》の身体は一時的に休眠に近い状態を維持しようとするからのう。程度の差はあれ、この娘も同じ状態だったはずなのだ。それがわずか数時間で目を覚ますなどと……」

言いながら、ヤンはじろじろと観察するように美奈兎を眺めた。

「まあいいわい。いずれにせよ、少しデータを取らせてもらおう。あと一日二日、泊まっていくがいい」

「えぇー」

美奈兎《みなと》としては早く退院したかったのだが、ヤンがじろりと厳しい視線を向けてきたので慌てて口を閉じる。この治療院において、ヤンは絶対君主に等しい権限を持つのだ。

「い、いえ、そうさせてイタダキマス！」

「ふんっ！」

美奈兎がベッドの上で固まりつつそう言うと、ヤンは小さく鼻を鳴らしてから部屋を出て行った。

「……はぁー、せっかく試合に勝ったっていうのに、これじゃお祝いもできないよお」

「ふふっ、まあ無茶《むちゃ》をしたのには違いありませんし、今はゆっくり身体《からだ》を休めたほうがいいと思いますわ」

がっくりと肩を落とす美奈兎を、ソフィアが優しく宥《なだ》める。

「そうですね。お祝いはいつでもできますし」

「てゆーか、あたしはまだあんまり勝ったって実感がないんだよねー。すぐに気を失っちゃったみたいだし」

「こう言ってはなんですけれど、実は私も……なにしろあの三姉妹を引きつけていただけですし」

「でもでも、あたしとニーナちゃんがサンドラさん相手に集中できたのは、ソフィア先輩のおかげですよ！」

「う、うん……あと、その、柚陽《ゆずひ》も、す、すごかった……」

「いえいえ、とんでもありません」

皆でそんな風にわいわいと盛り上がっていると、美奈兎はクロエが輪から一歩引いていることに気が付いた。

「クロエ……どうかした？」

真剣な表情でなにやら考え込むクロエは、美奈兎が声をかけるとはっと顔を上げる。

「——いえ、なんでもないわ。それより、そろそろ戻ったほうがいいと思うけど？」

「っと、そうですわね。個室とは言え病院であまり騒がしくするものではありませんわ」

クロエの言葉にソフィアがこほんと咳払いをし、居住まいを正した。

「とにかく、これからの話は美奈兎さんが退院してからにしましょう。まずは皆、しっかり身体を休めないと」

実際、大きな怪我《けが》こそないものの、美奈兎以外のメンバーも消耗は激しいはずだ。それでも全員がこうして治療院まで付き添ってくれたことに、美奈兎は改めて感謝する。

「それでは美奈兎さん、お大事に」

美奈兎は小さく手を振りながら退室する皆を見送っていたが、最後尾のクロエはその途中でふいに足を止め、振り向いた。

「……美奈兎」

「うん？　どうしたの？」

美奈兎《みなと》は首を傾《かし》げてクロエを見返すが、クロエはなにか言いたげに口を開きかけ――すぐに首を振る。

「その、今日は……よくがんばったわね」

「えへへ、急になに？　がんばったのはみんな一緒でしょ。もちろんクロエもね」

クロエの役割は目立たなかったが、彼女がヴァイオレットの攻撃を引きつけてくれなければ柚陽《ゆずひ》一人で抑え切ることは難しかっただろう。

「……そうね。でも、今日の試合はあくまで模擬戦。《獅鷲星武祭《グリプス》》はこれほど甘くないわよ」

クロエはそう言って、美奈兎の視線から逃げるように再び前を向く。

「――精進なさい。夢を叶《かな》えたいのなら、もっともっと」

「う、うん……」

美奈兎がうなずきながらそう返すのと、病室のドアが閉まるのとはほぼ同時だった。

美奈兎は最後に見たそのクロエの背中に言いようもない違和感を覚えながらも、それをどうしても形にすることができず、もやもやした気持ちでベッドに背中を預けた。

＊

「……クロエと連絡が取れない？」

三日後、美奈兎が無事退院して登校すると、ソフィアと柚陽、ニーナの三人が困惑した顔で出迎えた。

昼休み、いつものテラス席――しかし確かにそこにクロエの姿はない。

「携帯端末に連絡を入れても一向に通じませんし……」

「クラスのほうへ顔を出してみても、ずっとお休みとのことですわ」

「……なにより、寮の部屋へも戻っていないようなのです」

柚陽とソフィアが交互に続ける。

今日は空模様が怪しいせいか、他にテラスへ出ている学生の姿はない。

「部屋に戻ってないって……それってなにか事件にでも巻き込まれたんじゃ……！」

美奈兎が思わず腰を浮かしかけるが、ソフィアはゆっくりと首を横に振った。

「私たちもそう思って学園側に対応を申し入れたのですが、『彼女のことは心配ない。これ以上騒ぎ立てるな』と」

「なっ……!?」

さすがに絶句する。

「……つまり学園側はこの事態を把握しているってこと？」

「おそらくは」

柚陽《ゆずひ》がうなずき、小さく溜《た》め息《いき》を吐いた。

「思えば私たちはクロエさんのことをほとんどなにも知りませんでした」

「クラスの方々に少し話を伺ってみましたが、私たち以外に親しくしているような友人もいなかったようですわ」

そこで二人は少し間を取り、短く視線を交わす。

「美奈兎《みなと》さんが入院している間、いろいろと考えてみたのですけれど……学園側の対応、普段からの立ち回り、そしてあの情報収集能力──これらから導き出される答えは一つしかありません」

「クロエさんは学園側の人間、もっと言えばベネトナーシュの人間だというのが、私と柚陽さんの出した結論ですわ」

「ベネトナーシュ……」

それはクインヴェール女学園が誇る情報工作機関だ。

といってもアスタリスクの六学園はどこも似たような組織を持ち、《星武祭《フェスタ》》という表舞台の裏で密《ひそ》かな暗闘を繰り広げている。これはもはや周知の事実であり、美奈兎もレヴォルフ黒学院の黒猫機関《グルマルキン》などの悪名は耳にしたことがあった。

「だとしたら、クロエさんはなにかしらの命令を受けて動いていた可能性もあります」

「命令……？」

美奈兎はその言葉にぞわりとしたものを感じた。

もし、クロエの今までの行為が全て誰かに命じられたものだったのだとしたら——

「で、でも、それはあくまで可能性でしょ？　それに……」

「あ、あの……！」

するとそれまで黙って俯《うつむ》いていたニーナが、意を決したように口を開く。

「あのね、ソフィアと柚陽には、もう伝えたんだけど……この前の試合の時、最後の最後で頭の中にクロエの声が響いたの」

「クロエの声？　どういうこと、ニーナちゃん？」

「たぶんあれって……《魔女》《ストレガ》の能力、だと思う」

美奈兎の迫力に気圧《けお》されながらも、ニーナが搾り出すように言った。

「そんなの紹介の時も練習の時も聞いたことなかったし、ソフィアや柚陽も知らなかったって言うし、じゃあ、クロエはその力のこと、ずっと黙ってたことになる……よね？」

「クロエが……《魔女》……？」

もちろん美奈兎も初耳だ。

否定しようにも、この中で唯一《魔女》であるニーナの言葉を覆すような材料を美奈兎が持っているはずもない。

「どんな理由があったのかはさておき、クロエさんがその能力を私たちに隠していたのは事実ですわ」

「……」

気まずそうにソフィアが言うが、美奈兎《みなと》はもはや黙るしかなかった。

「それで……どうしますか、美奈兎さん」

「……どうするって？」

柚陽《ゆずひ》の問いに、俯《うつむ》いたまま問い返す。

「チームメンバーのこと、クロエさんのこと、これからのこと……諸々全てです。あなたはチームリーダーなのですから」

ソフィアとニーナも、じっと美奈兎を見つめているのがわかった。

だからこそ。

「――そんなの、決まってるじゃん！」

美奈兎は大きく息を吸うと椅子を蹴って立ち上がり、手の平へ拳を打ち付けながら大声で言った。

「クロエを見つけて、直接話を聞く！　他のことは、全部それから！」

きっぱりと言い切る美奈兎の顔には、不敵な笑みさえ浮かんでいる。

今はわからないことだらけでも、クロエに聞くだけでその全てが解決するのだ。ならば

パシ

迷う必要などどこにあろうか。

すると柚陽《ゆずひ》とソフィアは、ふいに力の抜けた笑顔でうなずいた。

「美奈兎《みなと》さんなら、そうおっしゃると思っていました」

「まあ、仕方ありませんわね。あの方には私たちを巻き込んだ責任がありますのに、このまま一人でトンズラなんて許せませんわ」

どうやら最初からこうなるだろうと思っていたらしい。

そして意外なことに、まだクロエと知り合って間もないニーナまでもが。

「……わ、わたしも、まだあの人には聞いてみたいことがあるから……！」

そう言って、ぎゅっと拳を握り締めた。

「となれば、早速作戦会議ですわね」

「ベネトナーシュのメンバーは当然ながら非公開ですが、学内組織である以上学生であるのは間違いないでしょう。まずは他にクロエさんの正体を知っている方を……」

顔を寄せ合い、そう話し始めたところで美奈兎の携帯に着信が入る。

そこに表示された名前を見た途端、美奈兎は目を見開いた。

「っ！　みんな！」

そこにはまさにクロエ・フロックハートの名前が示されていたからだ。

一同が息を飲む中、美奈兎が携帯端末を操作すると、真っ黒な空間ウィンドウが小さく開く。音声通信だ。

『──若宮《わかみや》美奈兎さんですね？』

落ち着いた女性の声だが、明らかにクロエのものではない。

「そうだけど……あなたは誰？　クロエは今どこにいるの？」

『生憎《あいにく》と、ここでその話はできません。申し訳ありませんが、少しご足労願えますか？』

「……どこへ行けばいいの？」

慎重にそう問い返すと、その声はあまりにも思いがけない場所を指定してきた。

思わず美奈兎が他のメンバーの顔を見回すと、ソフィアと柚陽が真剣な顔でうなずいてみせる。

「──わかった」

『では、お待ちしています』

声がそう答えると同時に、空間ウィンドウはあっさりと消え失せた。

＊

その日の放課後。

「……今更だけど、本当にここでいいんだよね？」

美奈兎《みなと》たちは声に指定された場所——即《すなわ》ちクインヴェール女学園ツインホール東棟最上階にある理事長室の前に立っていた。

「今からそんなにビビっていてどうしますの……」

呆《あき》れたようにソフィアが言う。

「だ、だってだって、ここって理事長室ですよね？　ってことは、理事長がいるってことですよね？」

「クロエさんがベネトナーシュのエージェントだとしたら、なんら不思議ではありません。ベネトナーシュが学園の情報工作機関である以上、それを使役するのは当然理事長です」

柚陽《ゆずひ》もソフィア同様落ち着いている。

ただニーナだけは美奈兎同様——いや、それ以上に緊張しているのか、ソフィアの背中に隠れたままだ。

「それとも、クロエさんのことは諦めてこのまま帰りますの？」

「っ！　それは絶対に嫌です！」

ソフィアにそう言われた途端、美奈兎は腹を括《くく》る。

そうだ。相手が誰であろうと関係ない。

美奈兎は自分で自分の頬《ほお》をばちんと叩いて気合を入れると、目の前にそびえる豪奢《ごうしゃ》な扉をノックした。

自動的に扉が開き、その先に広がる空間を目の当たりにした美奈兎はごくりと唾を飲み込む。

その部屋は扉がある面を残し、三方の壁は全てガラス張りになっていた。寒々しさを感じさせるほど広い空間には、奥の窓際にぽつんと置かれた執務机と椅子以外の物は一切存在しない。執務机の周囲には無数の空間ウィンドウが浮かび、バイザー型のグラスをかけた女性が椅子に座っている。

「――ようこそ、チーム・赫夜《かぐや》の皆さん。クインヴェール女学園理事長、ペトラ・キヴィレフトです」

バイザーの女性――ペトラはそう言うと、口元に薄い笑みを浮かべて美奈兎たちを出迎えた。

あとがき

こんにちは、三屋咲《みやざき》ゆうです。

この作品は別冊少年マガジンにて私が原作を担当し、茜錆《あかねしょう》さんが連載されている「学戦都市アスタリスク外伝　クインヴェールの翼」の小説版となります。コミックスは現在三巻まで発売中で、この小説版一巻では主人公である美奈兎《みなと》が仲間を集め、その最初のチーム戦を終えるまでを収録しました。

コミックスの原作者コメントを目にした方はご存知かもしれませんが、基本的に私の原作は小説という形で提出させていただいています。なので、この一巻もその原作に加筆修正をしてまとめたものなのです――が、チーム・メルヴェイユ戦まで収録しようとするとページ数が膨《ふく》れ上がってしまい、加筆部分は最低限に収めざるを得ませんでした（修正は全面的に行いました）。

計算上、次の二巻部分はページ数的にも余裕があるはずなので、ばしばし加筆していきたいと思っています。よろしくお願い致します。

さて、内容のほうにも少し触れておきましょう。この外伝の企画はかなり早い時期からあったのですが、どういった内容・媒体《ばいたい》で発表するかが固まったのはしばらくたってからのことでした。コンセプト的には本編よりも明快さを重視して、よりわかりやすく楽しめるものを目指したつもりです。

キャラクターもそれに合わせて本編メイン陣よりも灰汁《あく》の強い……というか、キャラ立ちのするメンバーを揃えました。ソフィア先輩がその代表ですね。敵役ではありますが、美奈兎たちを差し置いてアニメファーストシーズンに登場したヴァイオレットも同様です。

そして、小説版ということでイラストはアスタリスク本編を担当している okiura さん！　茜錆さんのスタイリッシュな絵もかっこいいですが、okiura さんの描かれるチーム・赫夜《かぐや》のメンバーも実に可愛《かわい》らしくて素敵です！

そしてそして、アニメもこの四月からセカンドシーズンがスタートし、アプリゲームも発表されました。グッズもいろいろと出ていますし、アスタリスクの世界をいろんな形で楽しんでいただければと思います。

最後になりましたが今回も多くの方に助けていただきました。

まずはなによりも毎月素晴らしい漫画を描いてくださっている茜錆さん、そして担当編集I氏（過労の一端は間違いなく私です。すみません！）、同じく編集のS氏と、編集部の方々、講談社編集のK氏、アニメ関係の方々、ゲーム関係の方々、そしていつも応援してくださる読者の皆様に最大のお礼を申し上げたいと思います。

それではまた次巻でお会いできることを願って。

二〇一六年三月　三屋咲ゆう

MF文庫J

学戦都市アスタリスク外伝
クインヴェールの翼1

発行	2016年4月30日　初版第一刷発行
著者	三屋咲ゆう
発行者	三坂泰二
発行所	株式会社 KADOKAWA 〒102-8177 東京都千代田区富士見2-13-3 0570-002-001（カスタマーサポート） 年末年始を除く 平日10:00～18:00まで
印刷・製本	株式会社廣済堂

©Yuu Miyazaki 2016

Printed in Japan　ISBN 978-4-04-068316-4 C0193
http://www.kadokawa.co.jp/

※本書の無断複製（コピー、スキャン、デジタル化等）並びに無断複製物の譲渡及び配信は、著作権法上での例外を除き禁じられています。また、本書を代行業者などの第三者に依頼して複製する行為は、たとえ個人や家庭内の利用であっても一切認められておりません。
※定価はカバーに表示してあります。
※乱丁・落丁本は、送料小社負担にて、お取替えいたします。KADOKAWA読者係までご連絡ください。
（古書店で購入したものについては、お取替えできません。）
電話:049-259-1100（9:00～17:00／土日、祝日、年末年始を除く）
〒354-0041　埼玉県入間郡三芳町藤久保550-1

【ファンレター、作品のご感想をお待ちしています】
〒102-0071 東京都千代田区富士見2-13-12
株式会社KADOKAWA　MF文庫J編集部気付「三屋咲ゆう先生」係　「okiura先生」係

二次元コードまたはURLより本書に関するアンケートにご協力ください。

http://mfe.jp/ifz/

●一部対応していない端末もございます。
●お答えいただいた方全員に、この書籍で使用している画像の無料待受をプレゼント!
●サイトにアクセスする際や、登録・メール送信時にかかる通信費はご負担ください。
●中学生以下の方は、保護者の方の了承を得てから回答してください。